就！

Seka
Shu

世界で就職するという選択肢

森山たつを
Tatsuwo Moriyama

朝日出版社

セカ就！

Seka
Shu

世界で就職するという選択肢

森山たつを
Tatsuwo Moriyama

朝日出版社

日本の「普通の」サラリーマンに、「セカ就」という選択肢を

「日本人が働ける場所は、日本だけじゃない。世界を舞台にした就職にも目を向けてみよう！」そんなコンセプトの「セカ就」（世界就職）という言葉をご存知ですか？

海外に就職・移住という、人生の大きな岐路ともなりそうな事象に対して、いささか軽い言葉です。でも、私はこの軽さは悪くないと思っています。なぜなら、海外で働くことは、もはや今後の自分の人生の道をすべて決めてしまうようなたいそうなものでもないし、選ばれた才能を持った人にしかできない特別なものでもないからです。

私は、ここ1年ほど、多くの人々に海外就職の魅力を伝えることを生業《なりわい》にしてきました。私の本を読んで、セミナーを聴いて、海外就活ツアーに参加して、海外で働き始めた人が、私が知っているだけでも50人以上います。私がアジア各国を訪れたときに、彼らに実際に会って話

していると、ほとんどの人が日本のどこにでもいる普通の若者であることがわかります。

この物語に登場する人物たちは、私がそうして実際に会って話をした、海外で働いている人たちがモデルになっています。ブラック企業を辞めてインドネシアに渡った男性、シンガポールで楽しく働く女性、香港に転職し世界を飛び回るビジネスマン。みんなの「セカ就」のリアルなエピソードを詰め込んで紡ぎ出したストーリーです。夢物語と思われるかもしれませんが、この物語はそうした人々の実話が基になっています。

アジア各国で現地採用されて働くということは、海外に留学経験がある人や、グローバル企業での勤務経験がある人のようなエリートだけの選択肢ではなくなりました。勇気を出して新たな一歩を踏み出せば、多くの人がチャレンジできる現実的な選択肢なのです。

本書では、そんな、ちょっと勇気を出した普通のサラリーマンやOLが5人出てきます。

年齢も、性別も、職業もバラバラの5人。そんな彼らが、どんな理由で海外で働くことを決意し、どうやって海外で仕事を見つけ、現地でどんな仕事をしているのかを、彼らの目線で描いています。

英語がネイティブ並みに話せるわけでもないし、世界を何十カ国も周って外国人の友達が何十人といるわけでもない、ましてや海外で働いた経験なんてない。日本の学校を出て、日本で働いていた、普通のサラリーマンたちの「セカ就」の物語です。

彼らは、日本での働き方に悩み、海外の就職活動という困難を乗り越え、新しい国、新しい職場で、楽しく、時に逆境と闘いながら働いています。

海外で働いている若者に実際に会って話すと、日々の苦労を楽しそうに笑い飛ばしながら、それをどうやって乗り越えて行くつもりかを熱く語ってくれます。

「セカ就」した先輩はまだ少ないですから「10年後の自分」のモデルケースはありません。そもそも、経済成長ゆえに日々激変しているアジアの街は、来年どうなっているかすら想像もつきません。不確実性に満ちあふれていて、安定とはほど遠い世界なのですが、それをチャンスだと感じ、乗り越えるだけの意志と楽観性を持っている人がほとんどです。

この本の中で私が伝えたいことは、「舞台が日本を離れて世界に広がっただけ。彼らがやっていることは、日本国内でチャンスを求めて引っ越しするのと変わらない」ということです。

映画『ALWAYS 三丁目の夕日』では、堀北真希扮する青森在住の主人公・六《ろく》ちゃんが、集団就職で東京に来るところから話が始まります。1950~60年代は、高度経済成長で人手が足りなくなった東京に、チャンスを求めて地方から若者がやってきたのです。

20世紀末から、日本国内は成長が止まり、失われた10年とも20年とも言われてきました。しかし、そんな日本を尻目に、中国や東南アジア各国は60年代の日本のように圧倒的な勢いで経済成長しています。そして、その多くの国で、そうした成長に貢献する優秀な人材を求めています。チャンスを求めて地元から東京に上京するように、日本から世界に引っ越しをする時代が来たのです。

インターネットを中心とした技術革新のおかげで、世界中の最新情報はたやすく手に入れることができ、日本に住んでいる家族や友人ともほぼ無料でメールや通話をすることができるようになりました。

アジア各国には多くの日本人が在住するようになったため、日本人向けのサービスも進化を遂げる一方です。日本にいるのと変わらないクオリティの日本食を提供してくれるレストランもたくさんできています。日本の本も、ショッピングモールの中の日系の書店や電子書籍で簡単に手に入ります。ジャスコやダイソー、無印良品やユニクロがある街もあります。アジアの主要都市は、日本の田舎よりも東京に似ているかもしれません。

また、日本企業はまだ現地で大きな力を持っているので、日本人の市場価値は高く、現地の人と比べると非常に高い給料をもらうことができます。
激動の中のチャンスに目を向けて、ある人はリスタートのため、ある人は自分の能力を伸ばすためにアジアへ向かっています。それは、日本国内で転職するのと何ら変わりのない理由です。

自分が彼らの立場になって「セカ就」するとしたらどうだろう？と思いながら本書を読んでみてください。いま自分が置かれている社会的立場を、別の角度から確認できると思います。また、アジア経済のひとつの側面としても読んでみてください。日本がいま置かれている立場を理解し、これからのアジアとの付き合い方のヒントが隠されているかもしれません。
そして、現代の若者の成長物語として読んでみてください。草食系、ゆとり教育世代などと揶揄《やゆ》されている彼らですが、たくましく自分のチャンスを摑《つか》んで自分の人生の舵取《かじと》りをしている姿がそこにはあります。

船に乗り、もう一生故郷の地は踏めない、といった悲壮な決意で海外に向かう時代は終わりました。貨幣と情報は、インターネットを通じて一瞬で世界中を駆け回り、物は物流業者が陸海空のあらゆる方法で届けてくれます。人の移動も、アジアの主要都市であれば東京から3万円程度で簡単に飛行機の片道切符が買える時代。

さらに、「日本人であること」を評価して、現地で雇い入れてくれる日本企業や外資系企業もあります。

こうした環境を追い風に「セカ就」という選択肢を選んだ彼らの姿をお楽しみください。彼らの生き方を通じて、皆さん自身がどんな生き方をしたいか考えるきっかけになったら幸いです。

本書の登場人物たちがセカ就する国と都市

第5章　香港
小宮山剛史(37) 社畜系
超大手企業IT部門から香港へ!

データ

- 主な言語　広東語、英語
- 所要時間　東京から4～5時間
- 人口　約710万人
- 1人あたりのGDP　約3.4万ドル(26位)
- 日本人人口　約2.2万人
- 人口超密集!　家が超絶狭い!

フィリピン・セブ
第3&4章に登場
英語留学先として人気!

データ

- 主な言語　セブアノ語、英語
- 所要時間　東京から4～5時間
- セブシティは、ビーチリゾートでもなんでもないゴミゴミした都会!　ビーチへは車で1時間弱かかる

第1&6章　インドネシア
川崎君夫(23) ガテン系
ブラック居酒屋店長からジャカルタへ!

データ

- 主な言語　インドネシア語
- 所要時間　東京から7～8時間
- 人口　約2億4000万人
- 1人あたりのGDP　約3500ドル(113位)
- 日本人人口　約1.2万人
- 名物(?)は世界最凶の大渋滞!

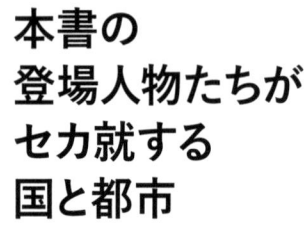

＊人口と1人あたりのGDP（および185カ国中の順位）…出典：IMF「World Economic Outlook Database, April 2013」（数値は2011年現在。インドネシアのみ推計値）
＊日本人人口…出典：外務省「海外在留邦人数調査統計（平成24年速報版）」（数値は2011年10月1日現在）

第3章　タイ
石川真美（29）腐女子系
貿易会社派遣社員
からバンコクへ！

データ

- 主な言語　タイ語
- 所要時間　東京から6～7時間
- 人口　約6400万人
- 1人あたりのGDP　約5300ドル（92位）
- 日本人人口　約5万人
- 東南アジアで最も東京っぽい大都市

第4章　マレーシア
本田俊輔（25）軽ノリ系
ウェブ制作会社から
クアラルンプールへ！

データ

- 主な言語　マレーシア語
- 所要時間　東京から6～7時間
- 人口　約2800万人
- 1人あたりのGDP　約9900ドル（64位）
- 日本人人口　約1万人
- 日本人の定年後の海外移住No.1都市

第2章　シンガポール
鈴木英子（26）意識高い系
アメリカ留学⇒スーパー契約社員
からシンガポールへ！

データ

- 主な言語　英語、中国語、マレーシア語
- 所要時間　東京から6～7時間
- 人口　約530万人
- 1人あたりのGDP　約5万ドル（11位⇐日本＝17位よりも上！）
- 日本人人口　約2.6万人
- 1国家に1都市しかなく、東京23区と同じくらいの面積。金持ちには優しい国！

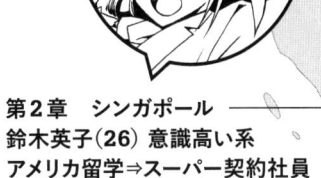

もくじ

本書中の外国為替レートは、各章の物語当時のものに拠っています。

第1章
ブラック企業からのインドネシア就活
23歳・職歴1年 川崎君夫の場合

1　地獄のブラック居酒屋

大学を卒業するとそこは、ブラック企業だった。

「おい、バカテン！　料理が冷めるじゃねえか！　さっさと運べ！」

バカテンとは、俺のあだ名。ホントは「若い店長」の略、つまり「若店《ワカテン》」なのだが、料理長はわざと「わ」と「ば」の中間音で発音する。そして、夜が更《ふ》け、疲労がピークに達する頃には完全に「〝バカ〟テン」になる。

まあ、そんなことにはもう慣れた。

料理長の怒鳴り声が、店内のお客様に聞こえないかだけが心配だ。厨房と客席はドア1枚で隔てられているから平気だろう。それがわかっているから、こいつはこんな暴言を平気で吐くんだけど。

俺の名前は、川崎君夫。23歳、入社1年と10日の社会人2年目。目下の悩みは、居酒屋の若店長になってしまったこの現状だ。

大学時代は、楽しかった。

サークルに入って適当に友達を作るかたわら、海外旅行に興味を持ち、アジアを中心に12カ国を周ってきた。バイトと旅行を繰り返す毎日。昼はケーブルテレビの飛び込み営業、夜はバーテンダーなんてハードな生活を3カ月続けたこともあった。ちなみに、学校はあまり行かなかった。

大学3年になってからは、普通の海外旅行に飽きて、海外ボランティアなんかもやってきた。フィリピンの田舎町の学校設立を手伝ったり、インドネシアの小さな島でマングローブの植林をしたり。

連日の力仕事で焼けた肌は、俺のコンプレックスを消し去ってくれた。遺伝なのか何なのか、どんなに食べても肉が付かない身長180センチ、60キロのこの身体。もともとは、透き通るような白い肌だったのだ。

それまでの俺はガイコツが外を歩いているようだった。でもガイコツが日焼けすると、黒ガイコツになるのではなく、「活動的な若者」に外見は変化する。肌だけではなく歯も天然でやたら白いので、笑顔で写った写真は、歯磨き粉のCMにも使えそうだった。

出会った現地の人たちと一緒に笑い合った日々、とくに子供たちの笑顔は、俺の心の宝物だ。

「そうだ、俺の生きがいは、海外の人たちの笑顔と出会うことだ！」

若干20歳で自分の人生の意味を悟った俺は、その道を邁進《まいしん》するために、就職活動に挑んだ。

就活で会社を選ぶ際の条件は二つ。海外で働くチャンスがある業務ということと、会社として海外での慈善活動に積極的であるということ。いくつかの会社の説明会を聞きに行ったのだが、圧倒的に心に残ったのが、この居酒屋チェーンの社長の言葉だった。

「私がこの事業を始めたのは、日本の、そして世界中の人たちに、食を通じて笑顔を提供したいからだ。我が社は、そのために命がけで働いてくれる社員を求めている！」

すでに世界10カ国に店舗を構えており、これからも増やしていく予定だという。その店舗を任せてもらうチャンスは大いにある。社長自らがバングラデシュで学校を作るなど慈善活動にも積極的だった。

「これ以上自分に合った会社はない。俺の人生はこの会社に入るためにあったのだ！」

面接で社長の台詞《せりふ》を繰り返し、大学時代の体験を熱く語ったら、あっという間に内定を取れた。

就職氷河期のご時世でも、俺の就活は1戦1勝でゴールデンウィーク前にあっという間に終わった。友人が就活に勤しむなか、俺はインドネシアの離島でマングローブを植えながら、さらに肌を黒くし、「最高に活動的な若者」になっていた。

入社後、2週間の軍隊的な研修に違和感を感じながらもなんなく乗り切った。成績はトップテンに入ったらしく表彰もされた。配属された店舗ではがむしゃらに働き、オペレーションを身体に叩き込む。たぶん1日12時間以上は働いて、その後、家に帰って4時間の復習。睡眠は平均4時間以下。

それでも毎日は充実していた。たったの半年で店長に昇進。同期では最速だった。

「俺はこの会社に求められている。そして、俺がこの会社を背負っていく！」

そんなことを真剣に考えていた。

東京・新宿から私鉄で数駅離れたところにある駅前の、約100平米の空間。ここが俺が任された店。生ビールが500円で、大根サラダ、焼き鳥、シメさばにピザ。どこにでもあるチェーン店の居酒屋だ。ここ3年間は売上が下がり続けていて、5回も店長が替わっている。

初めての店長経験としてはキツいところだが、自信はあった。俺にはこの店がカラカラに干上がってしまった孤島に見えた。ここにマングローブを植えて、緑豊かな島を取り戻すのだ！

この店に来て一番最初にやったこと、それは自分の決意を文字にすることだった。

「俺はこの店を立て直して、一気に本部長にのし上がる。そして、この会社の世界展開の一翼を担うのだ！」

そんな殴り書きをここに貼ったのも、もう半年前のことか。今やその記憶は遠い彼方だ。

「おい、バカテン！　早くしろ！」

いかん。完全に意識が飛んでいた。料理長の言うとおりだ。豚キムチが冷めてしまう。慌てて客席に運ぶ。土曜日の午後10時。客は2席5人しかいない。片言の日本語でしゃべるかわいらしい東南アジア系の留学生3人と、青白い顔をした社畜風サラリーマン2人。途上国はこれから成長するという希望に満ちあふれ、先進国は気力を失っていく。世界の縮図が、こんな居酒屋にもある。

オフィス街だから土曜日の来客は少ないとはいえ、あんまりにも悲惨な状況である。今月も売上目標に届かないことは確実だ。

連日、午前11時から翌朝6時まで休む暇なく仕事をしているのに、この惨状。ほとんど外に出ないので、肌は知らず知らずのうちに透き通るような美白に戻っていた。いや、連日の睡眠不足で青白い。化学繊維でできた会社支給の割烹着《かっぽうぎ》のほうがまだ健康的な色をしている。もちろん彼女なんかできるはずもない。鏡を見ると、かつての自分ではない誰かがそこにいる。

「これは俺じゃない」と思いたかった。

今日は経費を減らすために、バイトは入れずに俺と料理長だけで店を回している。そのせいで俺の体力と精神力は大幅に消耗していく。また体重が減り、肌はさらに漂白されるだろう。

この店の不調の原因ははっきりしている。料理長の人当たりが強すぎるのだ。ゴリラみたいな顔に岩石みたいな体格のこの男。名字も岩村だ。下の名前は知らない。

肌は日サロにでも通っているのか年中無休で浅黒い。俺は勝手に「ゴリ岩石」とあだ名をつけている。ちなみに、身長は俺より20センチ低い160センチ。ものすごく小さいボブ・サップみたいなおっさんだ。

そんな風貌でありながら、その料理は繊細かつ美しい。得意料理は洋菓子。居酒屋チェーン店のしょうもないデザートも、こいつが作るとフランスの高名なパティシエが作ったスイーツのようなエレガントな代物になる（俺はそんなもん食べたことないし、フランスにも行ったことないけど）。スイーツだけじゃない。刺身の切り口の華麗さも、片付けの手際の良さも、なんでこんなチェーン店で働いているのかわからない謎の実力者だ。

話は戻るけど、彼の問題は、人の失敗に異常に厳しいこと。そして、その失敗をその場で大声でなじり、その後、長期間ネチネチといじり続けること。最大瞬間風速がバカでかく、いつ果てるともなく延々と二次災害が続く台風のような厄介者。最悪だ。スイーツ作りの名人なのに、なんでアメとムチのムチしか使い方を知らないんだろう。

　このゴリ岩石のムチの猛威により、バイトはオペレーションを覚える前に辞めてしまう。おかげでいつまでたっても店のサービスレベルは低いままだ。

　この問題を本部に相談しても取り合ってくれない。「それは店長権限で解決しろ」の一点張り。しかし、ゴリ岩石料理長様が辞めたら店で料理を作る人がいなくなってしまう。せめて、代替の料理長の斡旋《あっせん》だけでもしてくれたら……と思うのだが、本部は冷たい。俺にはこの会社を背負う気概があったのだが、この会社にとっては、俺はどうでもいいらしい。

　そんなわけで、今月も売上目標未達に関する反省文を書かされた。しかも小学生じゃあるまいし、手書きで。

　店長の俺はここ半年、ほぼ毎日新しいバイトに業務を教えている。バイトは、平均5回目の勤務で連絡もなく失踪する。それによって空いたシフトの穴を埋めるのは俺の仕事だ。新しいバイトを雇うために広告を打ち、面接をするのも俺の仕事である。

　今日も店舗が終わったら事務仕事を片付け、広告会社に求人募集の記事を出稿して、明日の朝10時からバイトの面接。日曜は店の定休日だから、そこでやっと眠れる。4時間以上眠れるのは1週間ぶりだ。

「バカテン！　厨房の片付けは終わったから俺は先に帰るぞ。ぐずぐずしてんじゃねえ！」

やれやれ……やっと店に平和が訪れた。しかし俺には山のような事務仕事が待っている。その前にこの店を片付けないと。

厨房は見事に片付いている。ゴリ岩石のくせに、なんでこんなに手際がいいんだろう。それにひきかえ俺の守備範囲の客席は……。


そう思ったところで意識が飛んだ。気がついたら、豚キムチやら鳥の唐揚げやらの有象無象の油まみれの床に倒れていた。何とも言えない匂いがする。外はもう明るくなっていた。四月に入ったとはいえ深夜はひんやりと冷え込む。この居酒屋の床も同様だ。

こんな状況でも「ああ、床、きちんと洗わなきゃな」と思える俺は立派な社畜だ。ちなみに、割烹着も油とホコリと汗で薄黒くなっている。

ゆっくり起き上がると、身体が痛い。硬い床の上で寝てしまったせいだ。昨日瓶ビールを20ケース運び入れたときの筋肉痛、その他もろもろの慢性疲労、そのすべてが豚キムチの油と同様に身体全体にこびり付いている気がする。軽いめまいがして立っていられなくなり、よろよろしながら近くの席に腰掛けた。ぐるぐると回る視界が止まるのに10分くらいかかった。

「このままじゃ、俺、過労死するかも……」

そんなことが脳裏をよぎるが、それでも店長の俺がやらないと……と思いながら立ち上がり、テーブルを見ると、「海外就職無料セミナー」というチラシが目に入った。昨日のあの豚キムチのサラリーマンが置いていったものかもしれない。

学生時代、何度か行ったことがあるインドネシア・ジャカルタの中心街の写真が大きく載っている。たしかに、経済成長が激しいあの国なら仕事はありそうだよな……。でも、怪しい。この前深夜テレビで、日本人が中国の大連に就職してコールセンター勤めとなり、月給5万円、日本に帰る飛行機代もないというドキュメンタリー番組を見たばかりだ。

「特に新卒2～5年目のあなたにチャンス！　ジャカルタなら若手でも初任給16～18万円。しかも、運転手付きの車も付いてくる！」

ちょ、ちょっと待てって。18万円って、俺の手取りと大して変わりないじゃないか！

俺の基本給は店長になって3万円上がって22万円になったけど、売上目標未達のため今まで5万円もらっていた残業代は全額カット、手取り年収は一般店員の同期よりも低い。まあ、もともと月に100時間は残業してるのに、超過勤務手当は45時間固定なんだけど。

このセミナーには絶対に裏があるはずだ。こんなうまい話があるわけがない。と、疑いながらも目線を下ろす。開催は今日の午後。場所も新宿。電車ですぐの距離だ。

俺がそのからくりを暴いてやる。俺がこんなに苦労をしているのに、そんなにいい目に遭ってるヤツがいるなんてけしからん。と思いつつも、この怪しげなセミナーに藁《わら》をも掴《つか》むような思いですがるもう一人の自分も心の奥底にいた。だから参加してみることにしたんだろう。

まずはバイトの面接が始まる10時までに仕事を片付けないといけない。今は午前6時。もう始発はとっくに走り始めている。

2 謎の海外就職セミナー

そのセミナーは、新宿にある小綺麗な会議室で行われていた。

チラシに書いてあるサイトにアクセスしたら、残り3席と書いてあったが、たしかに50人以上入れそうなセミナールームはほぼ満席だった。

来ている人は、俺と同世代くらいの20~30代の人がほとんどだが、中には40~50代に見える人もちらほらいる。男女比は6：4で男性が多いのかな。

開講時刻の午後2時ぴったりに、司会の女性が話し始めた。

「このセミナーは海外就職を検討されている皆様に、最新情報をご提供するためのセミナーです。弊社では、海外就職のご相談や海外人材会社のご紹介をしております。本日は、海外就職の専門家の方をお呼びして、皆様に『海外就職は自分の選択肢になり得るか？』ということをご判断していただきたいと思います。それでは、最初のスピーカーの方をご紹介します」

紹介を受けたメインスピーカーらしい、若いんだかおっさんなんだかわからない男が話し出した。肌はとくに日焼けもしていないし、青白くもない。

「えー、今、アジア海外就職がチャンスだと言われています。たしかにその通りです。あまり業務経験がなくても、有名大学を出ていなくても、英語能力が抜群でなくても、それなりの給料をもらって働くチャンスがあります。しかし、覚えておいてほしいのですが、比較的簡単に入社できても、その後の業務が楽なわけではありません。そして、その恵まれた状況がいつまでも続くという保証もありません」

まったくもってその通りじゃないか。

アジア海外就職がどうかは知らないが、俺は日本の誰もが知る東証一部上場企業に新卒で一発入社できた。初任給は平均以上だったし、店長になったことで他の同期たちよりも給料は上だった。社宅完備だから、可処分所得は多いほうだったと思う。

でも、それが続いたのはたったの3カ月だった。3カ月間連続の目標未達の責任を取って、残業代は受け取らないことになった（正式には俺が自主的に辞退したことになっている）。日本の大企業に入ったってそんなもんだ。ましてや海外ともなれば、甘いもんじゃないのは当たり前だろう。

でも、そんな「当たり前」を最初に説明してくれるのには好感が持てる。だって、俺の会社は会社説明会でもOB訪問でも人事面接でも研修でも、そんなことは一言も教えてくれなかった。まあ、入社3カ月でみんな気づいたんだけど。

このおっさんの話をとりあえずこのまま聴いてみようか……と思って意識を集中しようとした瞬間、強烈な睡魔が襲ってきた。なにせ、今週は平均睡眠2時間。昨日だって、店の床の上で3時間気を失って横になっていただけだ。

朦朧《もうろう》としたまま、気がついたらいつの間にかセミナーは終わっていた。

一応、寝ないように努力しながら意識のどこかで話は聴いていたつもりだった。配られた資料にもなにやら一生懸命メモを取ろうとした痕跡がある。とりあえず、家に帰って記憶の残骸と資料の内容から大事なことを書き出してみた。ビールを飲みながら。

1 いま「海外就職」といえば、アジア各国にある日系企業で、日本本社ではなく現地法人に直接雇われる「現地採用」が盛んである。欧米はビザの発給が厳しく、エンジニアや寿司職人以外の就職は非常に難しい

2 給料は国によって違うが、20代前半の若手でも手取り14～20万円くらいもらえる。特殊技能を持っている人や経験者はもっと高い

3 発展途上国現地の物価は日本の1／5～1／2なので、月収30～100万円くらいの感覚で生活している人もいる。ただし香港とシンガポールは除く

4 求められるスキルで一番多いのが「日本人としてのビジネスマナー」。つまり、日系企業の中で働くための社会常識やスキル

5 5～10年の就労経験がある中堅社員の募集が多い。また、2～5年の若手社員の募集が多い場合もある。ただし年齢は日本国内の転職のようには問題にされない。新卒が就職できる場合もあるが、入ってからはハード（研修の少なさ、生活環境の変化など）

6 アジア各国には日系の人材会社があり、日系企業に応募するなら登録から面接までほとんど日本語でできる

7 転職の登録自体はネットでできるが、面接は現地に行かなくてはできない場合がほとんど

8 英語力は必要だが、多くの職ではさほど高いレベルは求められない（TOEIC600～700点くらいと言われる場合が多い）

9 事前に現地に行ってみて、生活レベル、体調面で実際に生活できるかどうか確認することが大切

こうやってまとめてみると、なんだか自分はアジア就職に応募する条件が整っている気がしてきた。いろいろと海外に行ってきたから英語力はそこそこで、TOEICは700点くらいあるし、ちょっと短いかもしれないけど1年は日本で働いた経験もある。インドネシアやフィリピンなら暮らしの感じもわかる。間違いなく普通に生活ができるんじゃないだろうか。

「これは行けるかも！っていうか、俺が行かないで誰がアジアで働くんだ？　俺がアジアで日本企業をデカくしてやる！」

疲労と睡眠不足と空《す》きっ腹に入ったビールでテンションが急上昇し、消えかけていた野心が燃え上がってきた。まずはインドネシア現地の人材会社に登録だ！と思ったが、もう目を開

けてられない。明日だ。睡眠をとらないと、来週も身体が持たない。って、日本で身体が持たないのに、海外に行っても大丈夫なんだろうか俺……。まあ、いいや。

その後1カ月間、俺は「海外就職」という言葉を思い出すことはなかった。

3　病院からインドネシアに応募

新緑の季節。俺はみずみずしい若葉を病院の窓から見ていた。

世間ではゴールデンウィークが明けて平常運転が始まった5月のある朝、俺はベッドから起きられなかった。金縛りに遭ったように身体が動かない。とにかく、会社に連絡しなくては……いや、その前に病院か。枕元に置いてある携帯に何とか手を伸ばし119番通報。病院に搬送され、即日入院したのだ。

診断結果は過労。あと胃に軽いポリープがあるらしい。とりあえず、点滴を打って寝ながら検査を受けている。

一晩経ち、思考がはっきりして最初に考えたのが、「俺の店はどうなってるんだろう?」ってことだった。病院送りになってもなおそんなことを考えるなんて、社畜になったとはいえ、どうかしている。

会社から電話がかかってきたのは夕方。本部の上司が俺の身体の心配もそこそこに、粛々《しゅくしゅく》と業務連絡をしてきた。

店長職からは外され、後任には俺の同期がなるらしい。俺は1カ月間は出勤停止。その後はフランチャイズの営業部に配属になる。資料を送っておくから出勤再開までにビジネスプランを作るように、というお達しだった。

出勤停止の措置は、去年どっかの店長が過労死認定された事件があって、その後作られたものなんだろうな。しかし、いきなり店長解任、営業部に転属ってどういうことだよ。しかも、過労療養中の間にビジネスプランを作らせるって、鬼かよ。

旅に出ているときは、日本を離れることで日本の良さを再発見したが、同様に今は、あの会社を離れてそのブラックさを改めて発見した気がする。

このままあの会社にいたら潰《つぶ》される……。俺の脳裏に、過労死認定された息子の遺影を持ち、泣きはらしている母親の姿が浮かんだ。

同時に、「俺はこの店を立て直して、一気に本部長にのし上がる！　そして、この会社の世界展開の一翼を担うのだ！」と書き殴った、あの貼り紙のことを思い出した。

あぁ恥ずかしい。あの貼り紙だけは、病院を抜け出して焼き払いに行きたい。

翌朝、見舞いに来てくれた母親にＰＣを持ってきてもらった。１年ぶりに会った母親は、すっかり脱色された青白い俺の顔を見て３秒間固まっていた。

その手には家に届いた会社からの分厚い封筒もあった。昨日電話で言っていた資料だろう。ご丁寧に「速達」のハンコが押してある。入院中の社員に速達で仕事を送りつけるとは……やはりあの会社は鬼だ。

この病院は各フロアにある休憩室でなら携帯やＰＣを使ってもＯＫだそうだ。さっそく「転職」というキーワードで検索してみる。すると、広告枠の一番上に「アジア海外就職」の文字が現れた。そういえば……。ひと月前の記憶がよみがえる。

そこで俺は検索ワードを、「インドネシア　就職」に変えてみた。結果、最初のページだけでも現地インドネシアで就職を斡旋している会社が５社も見つかった。それ以外にも、人材会社が宣伝する現地就職成功者の事例とか、現地で働いている人のブログ記事とかがたくさんある。

封筒は放り投げて、まずは、それらを片っ端から読んで研究してみることにした。

人材会社のサイトには現在募集中の求人リストが載っているのだが、いろんな職種がある。製造業の営業、品質管理、工程管理、エンジニアから現地工場の工場長まで。ほかにも秘書や総務、貿易関係、スーパーマーケットの在庫管理、ＩＴのよくわからん仕事。あれ、居酒屋の新規店舗の店長っていうのもある。もしかしたら、うちの会社か？

給料に関しても、ほとんどの求人で月に１８００～２０００ＵＳドル以上となっている。超円高と言われている今（２０１2年）の日本円にして15～18万円ぐらいか。あのときのセミナーで言っていたことはどうやら本当らしい。マネージャー職やエンジニアの場合は、月給５０００ＵＳドルを超えている求人もある。去年の実績だとボーナスが5カ月分とか書いてあるから、年収は７００万円を超えるな……。そんな額、物価が日本の１／3以下のジャカルタでどうやって使い切るんだ？　俺には技術も経験もないから応募できないけど。

インドネシアで暮らしている日本人の生活の様子も豊富に載っている。

給料は、表示されている額が手取りらしい。インドネシアの慣例で、所得税等は別枠で会社が払うのだ。やべえ、やっぱり俺の手取りより高い仕事もあるじゃん。さらに、ほとんどの仕事でホントに運転手付きの車が支給されるんだ。

住居は4～5万円で家具付きの綺麗なアパートに住める。電気水道ガス代も込み。それどころか、週に2回、掃除と洗濯もしてくれる。ホテルで生活している芸能人みたいだ。

食事も一食２００～５００円くらい、携帯代も１０００～２０００円で、月の生活費は4万円くらいって……給料の半分、9万円くらいはまるまる残る感じだ。これ、東京よりも明らかにリッチな生活ができるうえに、貯金もできるじゃん。

ちょっと、このインドネシア生活、おいしすぎるんじゃないか。今すぐ応募せねば！

そんで、人材会社に登録するには書類を作らなくてはならないらしい。

日本語の履歴書と、職務経歴書。あとは、英語のレジュメ。まずは、この三つを用意することだな。ネット上にはサンプルがいっぱい転がっているし、新卒で応募するときに書いた履歴書もPCに残ってる。

職務経歴書はなにせ職歴が短いからすぐ書けた。英文レジュメはちとやっかいだったが、職務経歴書をGoogle翻訳で訳しながら作った。サンプルには箇条書きでシンプルに書けという指示があったので、わかりやすい単語を使うことを心がける。まあ、難しい単語を使えと言われても無理だけど。

って、久々にワクワクしながらキーボードを叩いている自分に気がついた。7カ月前に店長に昇格が決まって、業務計画書を作るときもこんな感覚だったなあ……。

夢中で書類を作っていたら、あっという間に消灯の時間になった。さっそく三つの人材会社の申し込みフォームから応募してみる。希望職種は、とりあえず、営業と飲食にチェック。そして、送信ボタンを押す。朝10時から夜10時までほとんどパソコンに向かい続けたから、実労働時間12時間。しかも、点滴を打ちながら。でも、疲れはまったくなかった。

翌日。朝一でインドネシアの日系人材会社からメールが届いていた。

「ご応募いただきありがとうございました。応募書類を承りました。一度、Skypeもしくは国際電話でお話を伺いたいのですが、ご都合がよろしい時間をお知らせいただけたらと思います」

俺の身体は一通り検査しても大きな異常はなく、明日には退院する予定だった。でも、いてもたってもいられない俺は、即座に「可能であれば、本日お話しさせていただけたらと思います」と返信した。

10分後くらいにすぐに返信が来て、日本時間で今日の午後5時から面談することになった。「日本時間で」というところが、グローバルって感じ。この前向きなテンションが体調を回復させているんだろう。鏡に映る俺の顔に、若干血の気が戻ってきた気がする。

そして、午後5時。

10分前から休憩室でスタンバっていた俺のＰＣに時間きっかり、人材会社のコンサルタント、斎藤さんからSkypeで連絡が入った。

「はじめまして。斎藤と申します。今回はご応募いただきありがとうございました。本日お話したいことは3点です。まずは、インドネシア就職活動の流れのご説明、そして、川崎様のご希望の業界や条件のご確認、最後に弊社のインドネシア人スタッフによる英語力チェックをさせていただきたいと思います」

とてもわかりやすくて一発で腑《ふ》に落ちる話だった。新宿のセミナーと同じような話を聞き、こちらからは自己紹介と今までの職歴、そして志望動機を伝えた。その後の英語力チェックも5分間くらい簡単な質問に答えるだけで、つつがなく終わった。

職歴は短いし、話し方はロジカルじゃないかもしれないけれど、このほとばしるやる気を十二分に伝えることができたはずだ。俺がアジアに出て、グローバルな仕事をして、世界を少しでも良くしたいという夢を出し切った。これで俺が歓迎されないわけがない、と思っていた。

しかし、斎藤さんの返答は俺の予想とは１８０度異なるものだった。

「伺った内容では、残念ながらご紹介できる案件はありません」

4　なぜインドネシアで働きたい？

いきなり、天国から地獄に突き落とされた気がした。そのまま飯食って寝て、朝一で退院して、今は久々に自宅のベッドの上にいる。

なんで、紹介できる案件がないんだ!?

その答えは、斎藤さんが明確に伝えてくれていた。

「志望動機にグローバルな仕事がしたいとありますが、残念ながらインドネシアにグローバルな仕事はあまりありません。シンガポールや香港と違って、複数の国を股にかけるような仕事はインドネシアには少ないのです。インドネシアの仕事の多くは、インドネシアローカルです」

そういえば4月のセミナーでも、海外就職研究家のおっさんが、似たようなことを言っていたな。

でも、紹介できる案件がないと言われた本当の理由はそこにはない。俺には「インドネシアで働く理由」がないんだ。

今よりいい給料がもらえそう、今よりいい生活ができそう、今のブラック企業から抜け出せそう。そんな理由ならたくさんある。でも、それがインドネシアのジャカルタじゃなくてはいけない必然性がひとつも伝えられなかった。

金がほしいから働く。それ自体は間違いじゃない。正当な理由だと思う。世界中のほとんどの労働者はそんな動機で働いている。それできちんと仕事をこなすことができれば、問題はないはずだ。でも、彼が暗に言おうとしたことは、そんなモチベーションじゃ入ってからキツいよってことだ。

待遇はいいけど、日本では曲がりなりにもあった研修も、たぶんインドネシアの会社にはない。周りの人に言葉も通じない。生活環境も全然違う。なにせあの国はイスラム教の国だ。単にちょっと給料が上がること、生活レベルが上がることだけが目的なら、それ以上の困難に打ちのめされてしまう。きっと、そういうことだ。

だけど、俺がインドネシア就職に心踊らされたのはそれだけが理由じゃない。それを言葉にできないのが悔しい。俺はなんで外国で働きたいんだろう……。

ウジウジと考えているといつの間にか寝てしまっていた。外はすでに真っ暗だ。もしかしたら、他の人材会社から返信が来ているかもしれない。そうだとしても、今はなんて返していいのかわからないんだけど。

ＰＣを開くと、メールソフトの裏に、履歴書とかが入っているフォルダが見えた。その中には、俺が今の会社に入る際にダウンロードした会社説明会の資料が保存されている。何の気なしに開いたPDFファイル。社長の大きな写真の下に、こんな言葉が書いてあった。

「私がこの事業を始めたのは、日本の、そして世界中の人たちに、食を通じて笑顔を提供したいからだ。我が社は、そのために命がけで働いてくれる社員を求めている！」

そうだよな。俺は、たくさんの人に笑顔を提供したいから、この会社を選んだんだよな。そしたら、ホントに過労死しそうになったわけだけど。

インドネシア就職にときめいたのも、大学時代に太陽の下で現地の人たちと一緒にマングローブの植林をしたときの思い出があるからだ。一緒に飯を食いながら笑い合った。食材なんて全然揃わないし、現地の人は豚を食えないしで、いろいろ制約もあったけど、肉じゃがとかカレーライスをふるまったっけ。俺が飲食店を選んだのも、その原体験から来てるのか。

俺が小さい頃から食っていた家庭料理を、異国のみんなが旨《うま》そうに食べてるときのあの笑顔。あれが一番心に残っている。そうか、そういうことか……。

ブラウザを開いて、改めてインドネシアの求人を上から順番に見ていった。居酒屋店長候補は、迷った末にパス。正確にはわからないけど、この求人から漂う雰囲気が、かなりの高確率でうちの会社のジャカルタ店な気がする。

製造業の工程管理？　よくわからん。鉄鋼商社の貿易実務担当？　無理。ＥＰＲ会計システム導入プロジェクトのブリッジエンジニア？　何を言っているのかさっぱりわからん。世の中には俺とは縁のない仕事がたくさんあるみたいだ。

ん？　このスーパーの在庫管理なんてどうだろう？　今も店の食材の在庫管理は全部俺がやっているし、需要予測に基づいた発注とかは結構得意だ。どこまで権限があるかはわからないけど、スーパーに置く商品のセレクトを任せてもらえたら、現地の人たちに新しい味を知ってもらう手伝いができるかもしれない。

日本人だからこそ知っている、でも現地の人たちがまだ知らないものを伝えて、彼らを幸せにする――。あっ！　これだ。

インドネシアでやりたいことが見つかった、気がする。いや、前から見えていたし、実際現地でもやっていたんだけど、やっと言語化できたんだ。

落ち着いて、しっかり考えてみるって大切だ。今まではテンションが上がるとがむしゃらに動きまくっていたけど、それだけじゃダメなんだ。落ち着いて、考える。自分の考えをまとめて、言葉にする。そういうことだ。

俺は、改めてメールを書き始めた。

今の気持ちを、気負わず、感情的にもならず、でも、伝えたいことを明確に文章にしてみた。

これが、俺のインドネシアで働く志望動機だ。読んでもらって、もう一度斎藤さんに話をしたい。今、自分ができるのは、それだけだ。

5　ジャカルタに渡って本登録

空港を出た瞬間に、ムワッとする東南アジア独特の空気が襲ってきた。赤道直下の強すぎる太陽の光が、俺の美白肌に容赦なく照りつけてくる。3回目となるジャカルタのスカルノ・ハッタ国際空港。ターミナルビルを出た右手には「Hoka Hoka Bento」という怪しげな日本料理チェーン店がある。

今回、片道たったの2万5千円、クアラルンプール経由でやってきたジャカルタ。こっちの時間はちょうど昼頃だ。せっかくだから、あのホカホカベントーの看板の店に入ってみよう。

「テリヤキベントー」と書かれたセットメニューは、日本の学食にありそうな味。現地人向けにかなりのアレンジが加えられていて、日本の照り焼きとはまったくの別物になっている。言ってみれば、日本のカレーライスがインドのカレーと全然別物なのと同じか。でも、現地の人が喜んでいるなら、それはそれでいいと思う。

そんなことを考えながら、コンサルタントの斎藤さんとの2度目のSkype面談を思い出す。

俺が改めて志望動機を話すと、彼はそれに納得してくれて、いくつかの求人案件を見せてくれた。

サイトに出している案件はごく一部で、こうやってコンサルタントに直接訊かないと出てこないものがほとんどだ。しかも彼は、現地に来ないと伝えられない案件がたくさんあると言った。

あの面談をしたのは、退院した翌々日。彼は手際よく複数の案件を紹介してくれて、そのうち何件かは現地の人とSkypeで面談もした。念のためもう一社別の人材会社にも登録を行い、そこでも同様に求人を紹介してもらって、Skype面談をした。

日本でそんな就職活動を1週間行い、ジャカルタでの面接のアポを3件取れたところで、俺は現地行きを決意した。決意と言っても、そんな大した決断ではないけど。飛行機のチケットは新幹線で大阪に行く費用の倍もしないし、会社から命じられた休みもあと20日近く残っている。

人材会社からは、普通1~2週間で内定が取れると言われているので、とりあえず2週間滞在する予定にした。ただ、帰りのチケットはまだ取っていない。こういうときにネットで簡単に片道チケットが取れるLCC（格安航空会社）は便利だ。LCCは遅延が日常茶飯事だし、たまに欠航することもあるけど、俺の場合は日程に余裕がある。

さて、腹も膨《ふく》れたし、ホテルに向かおう。いつもどおり部屋もネットで予約。ジャカルタの中心街にある小綺麗なホテルでも一泊3000円程度だ。今回の滞在先は、大学3年生のときに女性の参加者が多かったボランティアツアーで1回使ったホテル。いつもは一泊1000円くらいのホテルに泊まるんだが、今回は就活だからちょっといいホテルにした。

バンコクやクアラルンプールに比べてジャカルタがまだまだなと思うのは、空港から市内への移動だ。

大きな荷物を持っている外国人を見つけると、怪しいヤツらがわらわら寄ってくる。「荷物を持ってやるよ」という輩に荷物を持たせると、法外な（とはいえ200～300円だけど）チップを要求されるし、「タクシーはこっちだ」というヤツについていくと、かなりの確率でぼったくられる。

バンコクやクアラルンプールなら、空港から電車やバスが頻繁に出ているので、それらを使えば安く、確実に市内に行けるのだが、ジャカルタだと現実的にタクシーくらいしか選択肢がない。だから、タクシーはぼったくりばかりだ。

あれ？　あんなところにタクシー乗り場ができたんだ。しかも、シルバーバードタクシー。ジャカルタにはいろんな会社のタクシーが走っているのだが、シルバーバードタクシーは高級タクシー会社だ。みんな黒塗りの高級車。値段も高いが、英語が通じる可能性も高い。あのカウンターから乗れば、値段はちょっと高いがぼったくられることはないだろう。来る度にこういう細かい改善がされているのが、発展途上国の面白いところだ。

空港から市内へは高速道路を走る。

そこにも、たくさんのメーカーの巨大な看板が出ている。日本メーカー、韓国メーカー、中国メーカー。ジャカルタに初めて来たのは3年前だが、来る度に日本メーカーの比率が落ちているのが気になる。それでも、日本の大手有名メーカーの液晶テレビの看板はまだある。だが、液晶テレビは大赤字で台湾企業に買収されそうだともっぱらの噂だ。これから日本はどうなっちゃうんだろう。

高速道路からは、ジャカルタの市街地が一望できる。

市内の住戸のほとんどは1~2階建てなのだが、時折六本木ヒルズみたいな複合商業施設がにょきっと生えている。それは1、2カ所というレベルではなく、高速から見える範囲でも10カ所はある。クレーンが動いている目下建造中のものもちらほら目に映る。やはり、この街はものすごい勢いで成長している。インドネシアのGDP成長率は、去年の2011年も前年比6%を超えているのだ。

市内に入ると、さっきまで遠くに見えていたピカピカの建物のデカさに圧倒される。六本木ヒルズよりデカい建物があちこちにある。しかも、巨大なスクリーンにCGで描かれた模様が踊っている。渋谷のスクランブル交差点にある大型ビジョンがおもちゃに見えるくらいのド派手なスクリーン。


なんだか、近未来都市に迷い込んでしまったような錯覚に陥るが、車が少し進むと、またおなじみのアジアの汚い街角に戻る。

この落差を見ているだけでも飽きないよなぁ、と思っていたが、タクシーはジャカルタ名物の大渋滞にハマり、ちっとも景色が動かなくなって眠くなってきた。

目を覚ましてホテルに着いたのは、タクシーに乗ってから2時間後だった。

距離的にはそうでもないのだが、渋滞でとにかく時間がかかるジャカルタ。これから面接に行くときも時間配分についてしっかりと認識しておかないと、確実に遅刻してしまうだろう。明日は午前10時から人材会社と面談だ。念のため8時くらいに出発しよう。

翌朝、なぜか道はとても空いていて、30分くらいで人材会社が入っているオフィスに到着した。まだ1時間半も時間がある。せっかくだからビルの中を散歩してみることにした。

ここは、いくつかの商業ビルも建つ敷地の中のオフィスビル。日本の西新宿にあるような綺麗な高層オフィスビルと比べてもなんら遜色《そんしょく》がない。それどころか、むしろこっちのほうが豪華なんじゃないかと思うくらいだ。

1~2階と地下はレストランや商店が入っている。日本の焼き肉屋やスターバックス、ゴルフ用品店なんかも入っている。会社の一覧を見てみると、日本の会社がたくさん入っていることがわかる。銀行、商社、旅行会社、IT企業、電機メーカー……経済に明るくない俺ですら知っている企業がずらり。社名からして日本っぽいものまで含めると、半分くらいが日本企業じゃないかって思えるほどだ。

ちょうど出勤時間らしく、社員が続々とオフィスに入っていく。ICカードが付いている社員証を自動改札に当てて入っていく姿は、日本のオフィスビルと変わらない。唯一の違いはスーツの社員が少ないことと、女性社員の半分くらいがイスラム教のヒジャブ（髪を隠すためのベール）を被っていることくらいだ。

時折、日本人らしき人も通るが、彼らはスーツを着ている場合が多い。でも、ネクタイをしている人はまだ一人も見ていない。

ちなみに、俺はスーツにネクタイ、革靴でばっちり決めている。

この暑い中でバカバカしいとも思うが、人材会社の人に念のためスーツにしたほうがいいと言われたので従った。まあ、タクシーでオフィスの前まで来たし、オフィスに入れば冷房が効いているので、あんまり苦じゃないんだけど。

なんてことをしているうちに、約束の時間の10分前だ。エレベーターで昇って、インドネシア人の受付に10時からアポがあることを英語で告げると、スムーズに連絡を取ってくれる。しかも、返答は日本語だ。なんか、普通に日本の会社みたいだ。

オフィスの内装や応接室の様子も日本の会社と変わらない。いや、日本のオフィスの中でもかなりキレイな部類に入ると思う。インドネシア、やるなあ。

「川崎様。お待たせしました」

Skypeで何度か話した、聞き覚えのある声だ。彼が斎藤さんか。思った通りの、しっかりとしたスーツがよく似合う「できる」風貌の人だった。肌は少し陽に焼けている。

すでに長時間話しているから初めて会う気がしないけど、今までは何千キロも離れたところで話をしてたんだよな。都内のオフィスに電話をかけるのと同じ感覚で会話してたんだけど、冷静に考えてみるとすごいことだ。飛行機とタクシーを何時間も乗り継いできた今だと、改めてそのすごさに気づく。

「本日お越しいただいたのは『本登録』をしていただくためです。Skypeでもお話ししましたが、弊社の場合、ネット上でしていただく『仮登録』とご来社いただいて行う『本登録』があります。『本登録』していただいた時点から、より多くの案件をご紹介させていただきます」

オフィスを見渡したところ、スタッフのほとんどはインドネシア人だ。日本人は彼を含めて3、4人といったところ。すべての人が俺のような求職者を担当するわけじゃないだろうから、スタッフの数に限界がある。だから、ネットでちょっと知りたいって人のために多くのリソースを割けない。それで、こうやって「仮登録」と「本登録」が別れているんだろうな。ちなみに、このシステムは他の人材会社でも同じだった。

斎藤さんは、大量の求人票を用意して待っていてくれた。

すでに面接が決まっているスーパーの在庫管理の案件に加え、食品卸の会社の営業、日本でもおなじみの小売りチェーンの店長、食品輸入業者の営業アシスタント、居酒屋チェーンの店長候補（うちの会社ではなかった）、飲食業専門のインドネシア進出コンサルタントの調査・マーケティング担当など。どれも俺が今までやってきたことと接点があり、俺がインドネシアでやりたいことにもつながる案件ばかりだ。

「まだ職歴が短いですが、その職歴を無駄にしないためにも、今までの経験を活かせる仕事に就くことをおすすめします。学生時代に営業経験もおありですし、店長として人をマネジメントする経験もおありですので、選択肢は比較的広く、ご紹介できる案件がたくさんありました」

彼は、面談と求人の紹介を、俺が提出した履歴書や職歴書を一度も見ずに行っていた。しかし、彼が話してくれた内容は俺の要望にキッチリ合っている。1週間前に提出した書類の内容はすべて彼の頭の中にインプット済みなのだろう。

6　日本とは違う面接

ジャカルタに着いて1週間。なんだか、1日に4時間くらい車に乗っている気がする。斎藤さんに「1日3件以上のアポは入れないで下さい」と言われた理由もよくわかった。とにかく、時間がまったく読めない。

だから、彼の強い勧めで買った現地の携帯電話がとても役に立っている。使用する5割が時間調整、3割がタクシー運転手が道に迷ったときの道案内の依頼、2割が業務連絡。3000円の本体と、1000円のSIMカードでこれだけ使えるんだから便利なもんだ。なんで日本はあんなに携帯に金がかかるんだろう？

最初の人材会社の面接の後、俺はもうひとつ別の人材会社にも登録、そして紹介のあった6社の面接を受けた。実はすでに内定を1社からもらっている。インドネシアの就活のすごいところは、内定が3日で出てしまうところだ。面接に行って、翌朝には一次面接通過のメールがあり、その翌日に二次面接を行い、面接の中で内定が通知された。

このスピード感は、日本では考えられない。まあ、すべての会社がこんなわけではなく、一次面接を受けてから3日間何の連絡もない会社もあるけれど。

いよいよ今日は自分の中での本命、日本から商品を輸入している専門商社との面談だ。家具や衣類、場合によっては食品や化粧品まで、様々なものを輸入し、インドネシアの日系スーパーや日本食レストラン、インドネシアローカルのスーパーやデパートなどに卸しているらしい。

いつも通りキレイなオフィスの受付に行き、担当者を呼び出してもらう。毎回同じことをお願いするので、せっかくだから昨日覚えたインドネシア語で言ってみる。

「Hi ada Saya Kawasaki. Apakah Anda memiliki Yoshii-san?（こんにちは。私は川崎と申します。吉井さんはいらっしゃいますか？）」

受付のお姉さんがうれしそうに内線をつないでくれる。日本でも、外国人がたどたどしい日本語で一生懸命話しかけてくれるとうれしいように、彼女たちにとっても、それは悪い印象にならなそうだ。すぐに応接室に通された。

日本での面接は、バイトのときを除けば、今の会社で3回受けただけだ。でも、今この場で話している内容と、あのとき話していた内容が大きく違うことがよくわかる。新卒採用時の面接は、とにかく自分のことをアピールするのに精一杯だった。

「フィリピンで学校作りました！　インドネシアで植林しました！　英語はある程度しゃべれます！　世界で働きたいです！　御社に入りたいです！」

しかし、今面接で話していることは、過去にやってきた仕事の実績をふまえて、まず自分は何ができる人材かということだ。まだ、できることは少ないけど。

そして、自分が入った後、どんな仕事をするのか？と質問してみた。すると、面接官の多くがとても具体的に仕事内容を教えてくれる。そこから、自分にどんな能力が足りなくて、それをどうやって補っていくべきかをこちらが案出する。それに対して、さらに具体的な方策をアドバイスしてくれて……。

なんか、仕事に関する相談に乗ってもらっているような感じで面接をしている。それで俺は会社の仕事の内容がクリアになるし、先方にとっても俺に何ができて、何が足りないのかがクリアになる。

1時間弱の話の後には、面接に通ったか落ちたかが大体わかるようになった。もっと言えば、話をしていると、先方の仕事内容が俺の志向や実力に合っているかどうかが、お互い納得がいくレベルでわかるようになるんだ。合っていなければ「またの機会に」となるし、合っていれば「ぜひ！」ということになる。明快だ。

今回の輸入専門商社の仕事は、自分に合っている気がする。実力が足りないことも山ほどあるけど、ブラック居酒屋での食材の在庫管理やバイトの勤務管理の経験を活かすことはできる。しかも、その業務には多くのインドネシア人スタッフが苦手としている、日本人ならではの「正確性」が求められるらしい。たった1年しか働いていない俺でも、会社に貢献できそうな分野があるのがうれしい。その価値を提供しながら足りない部分を駆け足で補っていこう。

なにより俺の志向に合っているのは、仕事を通じて多くのインドネシア人に日本の素晴らしい食材や製品を提供できることだ。そう、俺が仕事を通じてやりたいのは「現地の人たちがまだ知らないものを伝えて、彼らを幸せにすること」なのだから。

「今日の午後、お時間ありますか？　できたら、弊社社長とお話ししていただきたいと思っています」と言われ、断る理由もなく午後1時から面談してもらうことになった。

社長は開口一番こう言った。

「ぜひ、川崎さんと一緒にお仕事をさせていただきたいと考えています」

7　会社に退職を伝えた日

結局2週間の滞在で7社の面接を受けた。そのうち4社から内定をもらった。最後に受けた商社で仕事をさせてもらうことを人材会社に告げて、俺は東京に戻った。

ビザの申請手続きがあるので、最短で1カ月間待ってから働き始めることができるそうだ。こちらとしても、いま在籍している会社をいつ辞められるかが未定なので、入社の日程はすぐには決められない。ビザ発給日と退職日の2点が決まってから、日程を詰めることになった。

飛行機と成田エクスプレスを乗り継いで都内の部屋に帰ると、分厚い封筒が机の上に置いてあった。もうすっかり忘れていた。速達のハンコが押してある、アレだ。

一応開けてみる。が、なんの興味も湧かない。

俺はそれらの書類をほっぽりだして、レポート用紙を取り出した。1枚目に書いてある、あのときの「店舗売上目標未達に対する反省文」の下書きを破り捨て、これからインドネシアで何をしたいかをまっさらなレポート用紙に書いていった。続いて、今からやるべきことを。とりあえず、明日は新宿の紀伊國屋書店に行って、インドネシア語の教材を買おう。

3日後。1カ月ぶりの出社。前に本社に来たのは半年以上前だ。

あのときは、身体はボロボロだったけど、店長昇格の辞令が出るということで浮かれていたなあ……。浮かれているということだけは、今の状況と一緒だ。

あのときの俺は、一直線に店長に昇格し、さらにその上に登っていくことしか考えていなかった。その上に何があるかはわからなかったけど。当然、不安なんて何もなかった。

今は、やりたいことがはっきりしている。自分にできること、できないことも明確だ。与えられた仕事をこなせるかはわからない。正直、とっても不安だ。でも、不安だとしても、暗中模索しながら前に進んでいくんだと腹は決まっている。不安だけど落ち着いている。そんな感覚だ。

朝9時、本社の営業部の課長と面談。挨拶の後、彼は今後のビジネスプランを訊いてきた。

俺は答えた。

「会社を辞めて、インドネシアに行きます！」

俺の顔は、ジャカルタの日差しのおかげで、再び黒く焼け始めていた。

セカ就　ワンポイントアドバイス　その1

セカ就のねらい目、「現地採用」の流れ

現在、アジアの各地には非常に多くの日系企業が進出しており、それらの企業が日本人の人材を求めています。日本で雇われて、会社の命令で海外に赴任する「駐在員」とは違い、現地で現地法人に雇われる「現地採用」が増えているのです。

これにはいろいろな理由があります。

そもそも駐在員にかかるコストが高すぎること、現地でもある程度優秀な人材が採れるようになってきたこと、現地の会社をすべて現地人に任せる「現地化」をしたいものの、完全にはうまく行かないのでその中間に立つ人材がほしいこと……などです。

現地採用の給料は、一般的なホワイトカラーとして中国、インドネシア、タイ、マレーシア、ベトナムなどで仕事をする場合、初任給14～20万円程度になる場合が多いです。シンガポールや香港ではもう少し高くなることが多いです。

日本や海外での就業経験が長く、希少な技術を持って重要なポジションを担うような人に対しては、月給50万円以上の給料が提示されることもあります（なお、カンボジアやミャンマーなどの国では、まだ給料は安く、月給4～8万円などという場合もあります。また「日本語ができれば誰でも応募可」と謳われているコールセンターのような仕事でも同様です）。額面で言うと少なく見えますが、アジア各国の物価は日本の1／10～1／2くらいですので、金額的に少ない給料でも生活レベルが上がることは多々あります。

これらの現地採用を目指すのであれば、現地にある人材会社を使うのが便利です。インターネットで検索すれば、複数の人材エージェントの日本語ページを見つけることができます。ここに登録するのが第一歩です。

登録後の流れは、多くの場合左記のようになります。

1 インターネットで仮登録（履歴書、職務経歴書、英文レジュメ提出）

2 人材会社担当者とSkypeや国際電話で面談

3 人材会社から案件の紹介を受け、書類審査に応募する

4 現地入りの日程を決め、人材会社や（書類審査を通った）企業との面接の日程を取りつける

5 現地で人材会社担当者と面談し、本登録を行う

6 案件の紹介を受け、書類審査に応募する

7 **3**や**6**の書類審査に通った企業と面接する（通常1社2回）

8 内定が出る

9 内定が出た後、通常1～2カ月後に勤務開始

1～**3**までは通常3～7日で完了します。この時点で応募者のステータスは「仮登録」ということになります。ネットを通して興味を持っただけの人は、現地に来て就職活動をするかが不透明であるし、人材会社としても、まだ一度も会っていない人を積極的に企業に紹介するのはリスクがあるということで、「仮登録」の段階では案件はあまり出てきません。

したがって、現地に行くことが大切になりますが、行って何もなかったとなると辛いので、できたら1、2件は面接が決まっている状態で行きたいところです。

なお「Skype面接だけで内定」「担当者が日本に出張で来たときに面接し、その場で内定」

と、現地に行かなくても内定が取れる場合もあります。

ただし、こうなるのは、特殊な技術を持っているなど、企業のニーズにぴったりマッチしている場合に限られるので、一般的には現地に行って就職活動することになります。

現地では1～2週間ほど就職活動をする人が多いです。

本章の川崎さんのように長期の休みが取れるのであれば在職中でも構わないのですが、そうでない場合は会社を辞めてから就職活動をすることになります。**1**～**3**のプロセスは在職中に行い、会社を辞めることが決まってから**4**のプロセスに入ると、スムーズに事が運ぶ可能性が高いです。

現地での面接はとても早く進み、1～3日で内定が出ることも多々あります（もちろん、会社によっては長い期間をかけて選考するところもあります）。

また、即戦力が求められる場合が多いので、通常、翌月もしくは翌々月からの勤務を求められます（この辺が日本の転職と大きく違うところです）。

もちろん、何カ月後に入社するかは交渉次第でどうとでもなります。

アジアに海外就職する場合は、ほぼすべてのプロセスを日本語で行うことができますし、選考スピードも速いので、うまくいく人はトントン拍子で決まります。しかし、新卒一括採用であっという間に決まる人と、なかなか決まらない人がいるのと同様、すべての人がうまく行くわけではありません。

今までの経験や、現在持っているスキル、パーソナリティなど、選考基準は様々なのですが、大切なことは、**「なぜアジアの途上国（＝志望する会社がある国）で働きたいのか」をしっかり考える**ことです。

「経済成長しているから」「仕事がたくさんあって簡単に内定を取れそうだから」「いい給料がもらえるから」という理由だけで就職をしてしまうと、行ってから「こんなはずじゃなかった」と思うことが出てくる可能性が高いのです。

自分の中で、この国のこの会社で働くことによって、国や会社に何を提供できるのか、その中で自分は何をしたいのかを考えてから応募することが大切です。

第2章
スーパー契約社員からの
シンガポール就職
26歳・職歴1年
鈴木英子の場合
东南亚
SOUTHEAST ASIA
日本

1　日本のスーパーで働く日々

「なんでアメリカの大学を出た私が、日本のスーパーでレジ打ちしてるわけ？」

この1時間の間に50回くらい同じことを考えていた。

「レジ打ちが本業じゃないから」

「すぐにこんな職場抜け出せるから」

「間違ってるのは社会。私が悪いわけじゃない」

いろんな言い訳を考えているけど、納得はいかない。そして、状況は変わらない。

そんなことに気をとられていると、レジ打ちが遅くなって行列ができてしまった。すかさず、「列ができたボタン」を押すと、パートのおばちゃんが駆け足でやってきて、もうひとつのレジが開く。私は、引き続き黙々とレジを打ち続ける。

「ごめんごめん。孫のお迎えに時間かかっちゃってー」

遅刻していたパートのおばちゃんがやってきて、私はレジ打ちから解放された。でも、契約社員というこの立場からは解放されるわけじゃない。これからまた、帳簿《ちょうぼ》の整理という単純作業が始まるんだ。大好きな洋風せんべい「ハッピーターン」をお供に、迫り来る眠気と戦う時間がやってくる。

私は、鈴木英子。2009年、ジャガイモの生産地としておなじみのアメリカの田舎、アイダホ州にある大学を出て日本に帰国。仕事を始めてちょうど1年。仕事といっても、契約社員として実家の近所のスーパーマーケットに勤めている。一応経理担当なんだけど、ハッキリ言って何でも屋。今日みたいにおばちゃんが遅刻したら代わりにレジ打ちもするし、人が足りなきゃハンバーグだってこねるし、魚だってさばく。見事なまでの何でも屋。アメリカで学んだ経営学どころか、英語すら何ひとつ役に立っていない生活。

いったい何のためにアメリカに行ったんだろう。あのエキサイティングだった日々は何だったんだろう。私はこれからどーなっちゃうんだろう……。

ハッキリ言って、こんな仕事、全力でやれば30分で終わる。でも、拘束時間はあと3時間もある。他にやるべき仕事もないし、自分から積極的に仕事を探す気力もない。

言われたことをこなし、周りの人がミスをしたらフォローし、何もなければ時間通りに帰る。そんなことを繰り返す日々。

超楽だけど、たぶん、私の中にある力の20％くらいしか使っていない。4年間たくさんの経験を積んできたのに、体力も気力も有り余るほどあるのに、それを活かす場所がない。

今日も、お菓子売り場でハッピーターンを買って帰り、インターネットのオンラインビデオでアメリカのドラマを見るだけで1日は終わっていくんだろうな。最近は、私が最も輝いていた大学時代に夢中で見ていた『セックス・アンド・ザ・シティ』を見返してるんだけど、なんか、いろんな意味で終わってるな。

ドラマを見るのは英語力を落とさないため、と自分に言い聞かせてるけど、別にそんなに役に立っているわけじゃない。ついでに、お菓子を食べながらゴロゴロしてるから、明らかに体重はヤバい領域に達しようとしている。アメリカで周りの男にちやほやされていた日々ははるか昔……ホントに大丈夫なんだろうか、私。

そんなことを考えていると、気分が沈んでくる。でも、そんな沈んだ気分を持ち直すための方法も習っている。メンタルコントロールってヤツ。大学時代に趣味でもぐっていたスポーツ工学の授業で習った。あそこに置いてある、店長がゴルフコンペで取ってきた金色のトロフィーを見ることで、アメリカで卒業証書をもらったときの高揚感を思い出すことができる……。

「いや、思い出しても現実は変わらない」なんて雑念は捨てて、思い出すんだ。高校で交換留学生に選ばれたあの瞬間を。初めてアメリカに降り立ったときのあの空気を。翌年、ロンドンを一人で旅したときのあの感動を。アメリカの大学に合格した喜びを。アメリカでのエキサイティングな学生時代を。

あ。仕事中だけど、ちょっと意識飛んでた……。ハッピーターンを食べよっと。

2　悶々としていた高校生活

私はハッキリ言って、日本での高校生活に馴染んでなかった。

中学時代、勉強はできたけど、高校受験前日に熱を出して第一志望に落ちて、滑り止めの偏差値の低いその高校に行った。自分の偏差値よりも10低い学校なので、あっという間にトップ10になれると思っていた。実際、大した勉強もしてなかったけど、最初の中間試験ではトップ10に入った。

中学から引き続き、男子にはモテた。話が面白くないのでほとんど無視していたけど。

そして、女子の話はそれをさらに上回るつまらなさだった。アイドルがどーだとか、前髪がどーだとか、私はそういうことに100％興味がない。そんな話を1時間ぶっ続けでできる周りの女子に心底あきれ、距離を置くようになった。

周囲の友達に興味がなくなるのと同時に、学校の授業にも興味がなくなった。中学時代、あんなに得意だった数学もどーでもよくなった。国語の古文なんてもってのほか。成績は1年1学期の期末テストから、当時マリナーズで活躍していた大魔神・佐々木のフォークボールばりに、すとーんと落ちていった。

そう。高校時代、唯一興味が持続したのはメジャーリーグベースボール。

中学ではソフトボール部に入っていてエースだった。だから、日本の野球を見るのも大好きだった。実家は横浜だったから、一人で近所の横浜スタジアムに観に行くくらい。高校に入っても一応ソフトボール部には所属したけど、部員にやる気がないので、ほとんど練習には参加しなかった。

でも、横浜の佐々木やオリックスのイチローがアメリカに渡ってからというもの、メジャーリーグだけは本当に楽しんでいた。衛星放送の中継を録画して、家に帰ってから見るのが楽しみだった。

母親は「女の子なのにねえ……」とあきれてたけど、そんなのは関係なかった。強かったり弱かったり、弱かったり弱かったりするシアトル・マリナーズを中心に、メジャーリーグの世界にのめり込んでいった。

そのうち衛星放送だけでは物足りなくなって、「MLB.com」の記事を毎日のように読むようになり、英語でも中継を見るようになった。

その中継やウェブの記事でわからないことがあると、担任の英語教師に訊くようになった。1年の3学期頃になるとクラスの子とはほとんど話をしないようになり、学校での話し相手は担任の仰木《おおぎ》だけになっていた。

「鈴木、お前、アメリカ行ってみないか?」

仰木に言われたのは2年生の1学期。夏休みの交換留学制度で、学年で2人だけシアトルの高校に行けるらしい。マリナーズファンの私に断る理由など何もなく、速攻で申し込んだ。ほとんどの科目は壊滅的だったけど、英語の成績だけは学年で一番だった私を、このプログラムに突っ込んでくれた仰木には今でもホントに感謝している。

アメリカで過ごした2週間は夢のような時間だった。

アメリカ人だけではなく、中国、韓国、インド、オーストラリア、イギリスなど、各国から集まった女子学生と一緒に授業を受けるのは本当に楽しかった。彼女たちがする話は、日本の高校生とは全然違っていた。自分の国のいいところと問題点を自分なりに分析し、それを説明しようとする。自分はどんな仕事をして、どんなふうに社会を変えたいかを語るような人は、少なくとも今までの学校で一人もお目にかかったことはない。同い年にこんな人たちがいるなんて……。世界って広いんだ、いろんな人がいるんだなって。

アメリカ人のローズとは、週末、マリナーズの試合を観に行った。「あなたの苗字はイチロー・スズキと同じね」と言われて「あなたの名前は昔日本の横浜にいたパワーヒッターのローズと一緒だよ」とか、しょうもない話をしていた。一緒についてきた、野球のルールがまったくわからない中国人の呂《リョ》さんは、ずーっとホットドッグとポップコーンを食べていた。ハッピーターンをあげたら「So sour!」と言って吐き出しちゃってたけど。

尊敬できる発言をする友達や、趣味が合う仲間と遊ぶ楽しさを感じたのは何年ぶりだろう。まさか、こんな異国の地で、こんな体験をするなんて。

私はその頃、人間にとって国籍なんてホントはどーでもいいものなんだって感じていた。大切なのは個人。国籍はどこだろうと面白い人は面白い。つまらない人はつまらない。私は、これから世界のいろんなところで、気が合う仲間を見つけて、その人たちと一緒に人生を楽しんでいきたい！

この交換留学プログラムのお別れ会での3分間スピーチでは、涙ながらにそんなことを話したっけ……と思ったところで、目の前のExcel表のことを思い出した。

広い世界を知った留学の9年後、この狭い事務所とワンルームマンションだけが自分の行動範囲になるとは思ってもいなかった……。ごめんよ、あの頃の私。

3 泣く泣くアメリカを離れる

それからというもの、高校生の私の目標はアメリカの大学に進学することだけになった。

今まで以上に日本の友人がどーでもよくなり、みんながプリクラやデコメで遊んでいるときに、私はメールで留学中に出会った各国の友達と交流をしていた。同時に、マクドナルドでバイトを始めてお金を貯め、高校2年の冬休みにはロンドンに住んでいる友達の家に一人で遊びに行った。

この頃には、海外に旅行に行くくらい何の問題もないレベルの英語力が身についていた。

進学は、すんなりとアメリカの大学に留学することが決まった。専攻は、経営学。アメリカに住むことが目的だったので、ぶっちゃけ専攻は何でもよかったんだけどね。

日本人が多い学校はイヤだったので、アイダホ州の北の方にある大学を選んだ。私の知っている限り、町に日本人が3人くらいしか住んでいなくて、同級生のアジア人は中国人と韓国人がちらほらいるくらい。それでも何も不安はなかったし、実際に問題もなかったし、アメリカ人の彼氏もすぐできた。楽しすぎる大学生活はあっという間に過ぎていった。

でも、2008年9月、事態は一転した。リーマンショックのせいで、アメリカ経済は大混乱。大学を卒業したら、アメリカで就職すること以外の選択肢をまったく考えていなかったので、意地になっていろんな会社にアプライした。職種なんて選ばず、片っ端から受けたものの、結局どこにも入社することはできなかった。アメリカでの私の就職活動は完全に頓挫《とんざ》した。

あー！　なんであと1年早く生まれなかったんだろう……。

日本で働くのはイヤだったから、日本の会社がアメリカにいる日本人留学生をスカウトするための就活イベント、「ボストンキャリアフォーラム」にも参加しなかった。

いま考えると、あんなに意固地にならなくてもよかったのにって思う。勉強もスポーツも恋愛も苦労したことはなかったし、今まで、どんなに絶望的だったときにも最後には何か素晴らしいものが目の前に現れた。高校生活に絶望していても、アメリカ留学の話が降りてきたように、最後には何かいいことが降って湧いてくるんじゃないかって思っていたのだ。

ビザとお金が尽きるまではアメリカに滞在した。でも、私の実家はそんなに裕福な家庭じゃない。卒業後半年経ち、泣く泣くアメリカから日本に帰った（彼氏も泣いてたっけ）。大学の4年間で日本に帰ったのは一度きり。3年ぶりの帰国だった。


日本に帰ってきても、就活は悲惨だった。

そもそも、エントリーシートに手書きでいろいろ書かなきゃいけない理由がわからない。面接までたどり着いて、会社に入ってから私がどんな仕事をしたいか面接官に主張し、それができるかどうかを訊いても、的《まと》を射《い》た答えなんて返ってこない。そもそも、なんで現場のマネージャーではない人が面接をしているのかがわからない。

日本の会社の慣例とか就活のルールとか、日々理解できないことだらけで、日本社会がホントにイヤになった。

「この国には、なんでこんな会社しかないんだろう。この国には、なんでこんな人しかいないんだろう。この国は、私の住むべき場所じゃない」

私の中に、日本という国への怨念が澱《おり》のように溜まっていった。そして、その黒い情念は面接の場でも言葉の端々に少しずつ姿を現し、それに気づいた面接官はさっさと私に不合格通知を送ってきた。それが20通を超えたところで、私は就活を辞めた。

4　シンガポールでの就活

「英子ちゃーん。休憩にしましょー。ハッピーターンあるよー」

おばちゃんたちが、お菓子を囲んでお茶を飲んでいる。

この職場は、平均年齢50歳以上。30歳どころか40歳以下なのは私だけだ。

「パート・アルバイト募集」のボロボロの貼り紙が風に揺れているのが窓から見える。そういえば、あの求人を見て応募したんだよなぁ。

日本での就職活動に完全にやる気を失くした私は、実家の最寄り駅の前にあるスーパーマーケットに履歴書を持っていった。ちょうど経理担当の人がいなくなる直前だったらしく、あっという間に契約社員として雇ってくれることになった。

いろいろ文句はあるけれど、ここのおばちゃんたちはみんな基本、いい人だ。私に気を遣《つか》ってくれるし、楽しそうに仕事をしている。ただ、彼女たちの茶飲み話は退屈極まりない。

この人たちの会話は、昨日のテレビと、近所の子供の受験の話と、家族の愚痴《ぐち》だけで構成されている。私はそのすべてにまったく興味がない。

「英子ちゃん、昨日のＮＨＫ見たー?」

またきた。テレビは見てないって言ってるのに！

「あなた、アメリカ帰りなんでしょ?　なんか、最近〝セカシュー〟とかいって、海外で就職するのが流行ってるらしいわよ」

セカチューじゃなくてセカシュー?　海外で就職するなんて、そんな簡単じゃない。私がアメリカでどれだけ苦労したと思ってるんだよ。ちゃんとアメリカの大学まで出て、英語もしっかり話せるようになって、結構いい成績を残し、夏休みには企業のインターンもやった。就活ではアメリカ人の友人のコネを使っていろんな会社に自らアプライしまくった。そんな私でも就職できなかったのに、セカシューとか軽い気持ちで行くようなヤツらが就職できるわけない。バッカじゃないの。

つーか、そんな妄言《もうげん》を簡単に信じるこのおばちゃんたちもホント、情弱だ。なんでこんな人たちと私が話さなきゃいけないんだろう。ああ……世の中全体に腹が立ってきた。

とはいえ、職場でおばちゃんに悪態をついてもしょうがないので、引きつった笑顔のままで、

「アメリカでは今、仕事あまりないですよー」と返してみる。

おばちゃんの回答は意外なものだった。

「いや、アメリカじゃなくて、シンガポールとかみたいよ」

えっ！　そんな手があるの……？　シンガポールか……。それは考えていなかった。けど、しょせん東南アジアの小国だし、先進国みたいにホワイトカラーの仕事はないでしょ。チキンライス屋さんの店員とかやる気はないし。

でも……そういえば、アメリカ留学中、同じクラスの中国人や韓国人も、仕事はアジアで探すと言っていた。シンガポールなら公用語も英語だから、仕事はたしかにやりやすそうだ。

それに、アメリカ企業に就職したアメリカ人の友達も、Facebookで「シンガポール支社に出張して、インドネシアやら中国やらの仕事の担当になりそうだから、今度日本にも遊びにいくね！」と言っていたな（絶対、日本とシンガポールがどれくらい離れてるのかわかってないよな！）。彼女がチキンライス屋さんの店員をやるわけないし、結構いい仕事があるのかも。

英語力がなくても就職できてしまううえに、私のようにレールから外れた者を拒む硬直した日本企業よりも、英語が公用語で外国からの移民に寛容なシンガポールなんかのほうが私にはチャンスがあるのかもしれない。少なくとも、このおばちゃんたちとのお茶飲みが日常の今よりは、有意義な生活が送れる気がする。私のこの1年ちょいの生活は、ホントに無駄だった。もしかしてシンガポールなら、この不毛な時間に終止符が打てるかもしれない……。

帰り道に駅前の本屋に寄ってみたら、ちょうど新刊コーナーにアジア海外就職に関する本があった。ペラペラとめくってみたところ、使えそうな情報が書いてあったので買ってみた。

家に帰ってさっそく、海外就職の方法とシンガポールの情報だけ読んだ。どうやら来年からビザの基準が変わり就業が厳しくなるらしいが、2011年の今ならまだ何とかなりそうだ。

シンガポールで働くには他のアジアの国々と比べて高い英語力が求められる傾向にある。そして、「アジア本社」として、グローバルスタンダードなやり方で東南アジア各国を統括するような仕事が多い、というのも私向きだ。っていうか、アメリカで大学を卒業している人材がシンガポールくんだりまで来るなんてそうはないでしょ。シンガポールの会社としてもありがたいことなんじゃないかな。

とりあえず、人材会社に登録して、レジュメを送りつけてやろう。きっと、わんさかスカウトが来るに違いない。ちょっと、楽しみになってきた！

私はPCを立ち上げ、アメリカで就活したときに作った英文レジュメと、日本語履歴書を、本に載っていた在シンガポールの日系人材会社に送ってみた。

翌日、メーラーを開いてみると、人材会社からすごく丁寧な内容の返事が届いていた。中身を要約すると「今すぐメールで紹介できる案件はないけれど、こちらに来てくれたら紹介できるものがあるかもしれない」とのことだった。

意外とそっけないものなんだな。ただ、出し惜しみしているだけかもしれないし、こっちの出方を見ているのかもしれない。こういうときは、積極的に行くのが私のルール。チャンスは自分で摑《つか》むべし！

実は、もう昨日の時点で私の腹は決まっていた。スーパーを辞めて、海外に行く。私の人生の次のステップは、それしかない。明日、店長に会社を辞めることを伝えて、帰ってきたらシンガポール行きの航空券を取る。本当に、それしかない。

2週間後、私はシンガポールの中心街にある、スタイリッシュなオフィスビルにいた。シンガポールは東京の23区だけが独立したような国だと聞いていたけど、たしかに小さい。空港から地下鉄に乗ると20分くらいでホテルのある駅にたどり着いた。ホテルは軒並み1泊1万円を超えている。そんなバカ高いホテルの周りの街の印象は「すっきりとした東京」だった。キレイで、効率的で、ちょっと味気ない。

私が最初にアクセスした日系の人材会社のオフィスは、そんな街のど真ん中にあった。ポケットには、同僚のおばちゃんたちがくれたハッピーターンが入っている。ちょっとかじろうかと思ったら、私と同い年くらいのスーツ姿の女性が後ろから現れた。どうやら彼女も就職希望者らしい。

軽く挨拶して、話しかけてみた。彼女の名前は松井和香。背は私より15センチくらい低い。しかも、見るからにガチガチに緊張して縮こまっているので余計小さく見える。まだ企業との面談でもないのに、なんでこんなに緊張しているんだろう？

「私、英語とか、あまりうまくないんですけど、ちょっとチャレンジしたくなって、シンガポールに来ちゃったんです。私みたいな人間で、雇ってもらえるかわからないんですけど……」

彼女が震えながらつぶやいたところで、受付が私の名前を呼んだ。

「あの、よかったら、面談が終わった後、どこかでお話しできませんか？」

彼女からの誘いを断る理由もなかったので、向かいのビルにあるモスバーガーで落ち合う約束をして、面談ルームに向かった。

エージェントの人は田口さんという女性だった。もっと理知的でパリッとした人を予想していたが、意外とほんわかした人だった。さっきの松井さんに少し似ている。こんな人でも、シンガポールで働けちゃうんだ。だったら私なら余裕だろうな。

私は彼女と会うなり、自分のキャリアを説明した。

アメリカ交換留学、イギリス旅行、アメリカの大学での4年間。そこで何を学び、何ができるようになったか。TOEICがほぼ満点であること。あんな試験で英語力を測ること自体、日本が時代遅れであること。日本の新卒就活が無意味であること。日本企業の終身雇用制度が終わっていること。日本の会社員の働き方はクレイジーであること。もっと外資系企業のように、実力で評価すべきであること。

そして、なぜ自分が正規採用されず、スーパーで非正規雇用に甘んじているかをロジカルに説明し、これがいかに社会的損失であるかを説いた。

田口さんは、真剣な顔でそれを聞いてくれた。気が済むまで私がしゃべり終えたところで、彼女は切り出した。

「つまり、就業経験はスーパーマーケットの経理を1年ですね。そうなると、ご紹介できるのは日系企業のアシスタント職が中心になります」

えっ!?　なんで、私が日系企業のアシスタントなの？　あれだけ日系企業を否定したのに、この人は何も聞いてなかったんだろうか。

「たしかに、鈴木さんのおっしゃっていることはその通りなのですが、企業は応募者が『何を考えているか』ではなく『何ができるか』を基準に採用を行います。とくに外資系企業ではその傾向が顕著です」と言って、二つの求人票を私の前に提示した。

1社目は、超有名なアメリカのクレジットカード会社。

「Job Description（職務記述）」の欄には、英語でびっしりと要件が書いてある。

2カ国以上での業務を含む経理業務を2年以上経験していること。

2カ国以上の国籍を含む5人以上のチームでの活動実績があること。

消費者向けサービスに関する業務に4年以上関わっていること。

こんなことが10項目も並んでいる。

思わず「こんな経験を持っている人、いるんですか?」と訊いた。

「なかなかいないから、残ってるんです。書類審査はかなり綿密に行っており、私からもこれに近い要件の方を5名ご紹介したのですが、全員書類審査で落とされてしまいました。ちなみに、見ていただくとわかるのですが、国籍、年齢、性別などの条件は一切書かれていません。純粋に、この仕事ができる人なら誰でもいいのです。その点は非常にフェアです」

次に見せられたのは、日本の超有名総合商社の求人だった。

一目見て気づいたのが、すべて日本語で書いてあること。そして、職務概要の欄がスカスカなこと。

アシスタント業務

英語：ビジネスレベル

日本での職務経験2年以上

商社でのビジネス経験があれば、なお可

「これは……どんな職務が与えられるのか、さっぱりわかりませんね。そして、どんな人を求めているかも」

「その通りです。ただ、それがチャンスでもあるのです。失礼ですが、鈴木さんの場合、職務経験があまりおありではないので、外資系企業の職務要件を満たすことは難しいと思います。しかし、このような曖昧な基準の日本企業では、十分にチャンスがあると思います」

とくに日本人は英語力が低いので、日本語のネイティブで、英語力が高いというだけでここシンガポールではプラスになること、日本人しか採用しない企業がたくさんあることは私にとって大きなメリットだということも教えてもらった。

ちなみに、日本語がビジネスレベルで話せるシンガポール人や中国人は増えていて、来年(2012年)からビザの基準が厳しくなるので、こうしたアシスタント職の募集が少なくなる可能性は高く、この状況がいつまでも続くわけではないらしい。

「なるほど。それでは、この総合商社に応募したいと思うのですが」

「わかりました。おそらく、明日面接が入ると思いますので、今日中にメールでご連絡しますね」

その他、数件の求人票を送ってもらう約束をして、人材会社を後にした。

「んー。なんか、私が思ってた海外就職とは違う気がする……」

とりあえず私は、松井さんと約束したモスバーガーに行って、モスチキンでも食べることにした。

5　日本人の美徳は世界で武器になる

「私、もう、ホントに自信ないんです！　なんでこんなところに来ちゃったんだろうって」

まどろっこしい話し方で鈴木さんが話している。

彼女も田口さんとの面談を終えて、このモスバーガーにやってきた。席に着くなり、「何か飲みます？」と自分から訊いてきて、ふらふらしながら持ってきたコーヒーは、私が頼んだアイスではなくて、ホットだった。たぶん、松井さんの発音が悪くて店員は間違えたんだろう。「すみません、すみません」って何度も謝っている姿は、こっちが恐縮してしまうくらいだ。

まあまあ……と言いながらも、内心では「鈍くさいヤツだなぁ」と思っていた。

アメリカで一番バカにされるのはこういうタイプだ。あの国で「謙遜」は「卑屈」ととらえられる。私も最初、英語力に自信がなく謙遜していたが、私よりも下手な英語で堂々としゃべる韓国人の姿を見て考えが変わった。下手でも、相手の目を見て堂々と自己主張する。それをやり始めてから、アメリカ人の友達ができるようになった。

彼女のようにおどおどしていたら、誰も相手をしてくれない。それは、このシンガポールでも同じはずだ。正直、この娘はシンガポールで就職できないだろう、と勝手に考えていた。

でも、結果的に総合商社の内定が出たのは私ではなく松井さんのほうだった。

英語力も申し分なく、面接ではシンガポール経済の希望と日本経済の絶望、そして自分の武勇伝をあれほどまでに熱弁したのに、なぜあんな卑屈な子が……怒りと嫉妬で頭が混乱してきた。

モスバーガーで聞いた話によると、彼女は小さな物流業者で派遣の事務をやっていたそうだ。社歴は3年。たぶん私と同い年だと思う。会社で派遣切りに遭ったので、父親が単身赴任しているシンガポールに来て就活をしているという。

何度も何度も「私、鈴木さんみたいに、英語も得意じゃないし、頭も良くないし……」と口癖のように言っていた松井さんだったけど、結局日本企業で採られるのはああいう子なんだ。なんか、絶望的な気分だ。私はあんなに苦労してアメリカで頑張ってきたのに、日本の就活では全然評価されなかった。そして、ここシンガポールでも。いったい、今まで何のために頑張ってきたんだろう。

なんて、落ち込んでも仕方がない。まずは原因を探らなくては。さっそく、エージェントの田口さんに電話をしてみた。

「なんとなく理由はわかります。でも、1日ご自分で考えてみたほうがいいかもしれません。もしよろしければ、松井さんとお食事でもしてみたらいかがですか？　何か気づくことがあるかもしれませんよ」

そんなわけで松井さんを誘って、次は日本式しゃぶしゃぶレストランに行くことにした。お誘いの電話口でも、待ち合わせ場所からレストランまでの道中でも、彼女はずーっと謝っていた。

ついでに「ハッピーターンお好きでしたよね。そこのセブンイレブンで売ってたんで買ってみたんですが、一枚いかがですか?」なんてことも言ってきた。

レストランに入ってからも、謝りながら私のオーダーを聞き、店員を呼ぶ。でも、店員はなかなか来ない。「すみません、お待たせしちゃって」とまた謝る。ビールが来たら即座に私のグラスに注いでくれる。なぜかそこでも謝る。

まったく、この子はどれくらい謝るんだろう。なにか生まれながらにして大きな罪でも背負っているのだろうか。

でも、そんな謝ってばかりの彼女が、一流商社から内定をもらったのは事実だ。面接をしたのはたぶん私のときと同じ人だ。彼は、明らかに切れ者のデキるビジネスマンだったし、ニューヨークでの勤務経験もあると言っていた。彼女に「雇うべき何か」を見つけたから採用したことは間違いない。少なくとも、私よりも魅力的な何かを彼女に見出したはずだ。

それを見つけるために、彼女をしっかりと観察することにした。

半分バカにしていた感情を抑え、冷静に松井さんの話を聞いていると、実は彼女はいろんな経験を積んでいることが言葉の端々から伝わってきた。

派遣社員とはいえ、やっていた仕事は営業補佐、貿易事務、部長の秘書など広範囲にわたっている。しかも、イケイケの営業、在庫管理のおっちゃん、貿易管理のホワイトカラー、いつも偉そうにいばっている部長など、やっかいそうな人たちとのやりとりが多くて、人間関係が難しそうな仕事だ。彼女の謝り癖は、こういう人たちをうまく手なずけるための処世術なのかもしれない。

……ってことは、もしかして、今の私ってその「やっかいな人」？

彼女は本当に気が利く。私のビールがなくなったら速攻で注いでくれるし、私がネギをよけながら食べていると「ごめんなさい、ネギは入れないようにしますね」と次からネギを入れないでしゃぶしゃぶをお椀によそってくれる。店員がオーダーを理解していないような表情をめざとく見つけて、メモを取るように促す。

とにかく、周囲360度につねに気を配って、ちょこまか動き回って、問題が起こるのを事前に察知し、改善しているのだ。

「松井さん、なんであなた、そんなに気が利くの？」

「すみません。私、別に何も特別なことはしてませんけど……。すみません」

どうやら、彼女にとってこの行動は特別なものではないらしい。しかし、こんな人、留学中に付き合った10カ国以上の国籍の人たちの中で一人も見かけなかった。

「やっぱり、なんか、動いちゃうんですよね。日本人だからかしら」

日本人でも、うちのスーパーのおばちゃんたちは自分の都合でしか動かないけどね……。と思った瞬間、シンガポール人の店員がデザートを運んできた。熱いお茶と、抹茶アイスと、あんみつを頼んだのだが、出てきたのは冷たいお茶と、バニラアイスと、あんみつだった。まあ、3つ頼んで1個合ってたからいいか、と思ったら、松井さんが速攻で抗議して、取り替えさせた。

「なんでこの国の人たちはちゃんと言われた仕事を正確にこなせないんでしょうね」

彼女は愚痴を言ったが、アメリカでも似たようなもんだ。向こうに住んでいた私はそれに慣れているので、あまり気にしない。

でも、スーパーのおばちゃんたちも、みんなこういうの気にしてたなあ。あんみつのシロップのかけ方が雑だとか言って怒っていた。おばちゃんたちがギャーギャー騒ぐのを見て、「どーでもいいじゃん」って思ってたっけ。

でも、仕事のときはどーでもいいじゃ済まないこともあったので、こういう日本人の細やかさには結構助けられた。業者が納入してきた品物の段ボールを開けて、きのこの山とたけのこの里の納品数をしっかり数えて、数が違ったらしっかりとクレームを入れる、みたいな。私が「きのことたけのこなんてどーでもいいじゃないですか。値段も一緒だし」と言ったら強烈に怒られたな。

たしかに、きのことたけのこを区別しないで納品すると、1カ月後に在庫量がめちゃくちゃになって、収拾がつかなくなる。3カ月前、うちのスーパーでたけのこの里が2週間も品切れになり、お客様カードに「この店はきのこ派なんですか？」と書かれたのは、私の雑な在庫管理が原因だった。

あれ以降、「正確な在庫管理は、納入時のきめ細やかなカウントから」と店長にことあるごとに言われたっけ。その細かさって日本人特有なのかもしれない。箱に凹みがあるくらいでクレームを入れるのはクレイジーだと思うけどね。

それから、レジに列ができたときの、隣のレジを開ける素早さも日本ならではだ。ボタンを押した2秒後にはおばちゃんがパタパタと走ってきて、すぐさまレジでお客さんの対応をしていた。あれは、アメリカでは絶対見られない光景だ。

そういう日本人のきめ細やかな接客を海外に輸出すれば、「Oh! ニンジャ！」ってな感じで絶対に喜ばれると思う。

スーパー勤務時代の同僚のおばちゃんたちの姿が、この松井さんに重なって見えた。もしかしたら、これこそが彼女の長所であり、商社の部長に認められた点かもしれない。と同時にこれは、アメリカで教育を受けた私からごっそり抜け落ちている点だなって思った。

翌日、再度エージェントの田口さんに会いに行って、この話をした。彼女の見解もまったく同じだった。

「そうなんです。松井さんはすごい人です。天性の気遣いが、中小企業でさらに鍛えられています。会社の中で様々な部門の間に立って、各部門の人たちを立てながら調整をするのに、最適な人材なのです」

そう。彼女は卑屈なんかじゃない、謙虚なんだ。正確に仕事をこなす能力を持っていながら、それを主張しない。相手を立てながら、うまくコントロールする能力を持っている。

私は、彼女を小馬鹿にしながら、実は彼女にコントロールされていたのかもしれない。彼女は私のことを「すごい、すごい」とおだててくれてはいたが、私には英語が話せること以外のビジネススキルが何もないことに今さら気づいた。偉そうなことをいろいろ主張はしても、実力も実績も伴っていなかった。ただ傲慢なだけだったんだ……。彼女の「謙虚さ」の対極にいる人間かもしれない。

「でも、謙虚なのが必ずしも評価されるわけではないんですよ。就職活動は相性がすべてなんです。実は、鈴木さんにちょうど良さそうな会社があるんです」

6　グローバルスタンダードなんかない

「Hi! John! Merry X'mas!」

いつものように、受付のジョンとハイタッチをしてオフィスに入る。

けれど、普段の出社とひとつ違う点は、私が叶姉妹のようなゴージャスなドレスを着ていること。今日は、会社でクリスマスパーティが開かれて、社員はみんな仮装することになってるんだけど、なぜか朝の出社時からその服装でという雰囲気になったので、パーティでしか着ない身体のラインがくっきり出るセクシーなドレスをクローゼットからひっぱり出して、私は家を出たというわけ。

日本だと12月は真冬だからコートを着て出社するものだが、こっちの12月は真夏だ。っていうか、季節はホッターシーズン（暑い季節）とホッテストシーズン（一番暑い季節）の二つしかない。まあ、家から会社まで徒歩10分なので、ドレス姿でも全然気にせず来れたんだけど。

結局、私は日本の商社を含めて4社の面接を受けて、2社から内定をもらうことができた。

その中で選んだのが、アジア各地にコンピュータの部品を販売する社員20人くらいの小さなこの会社だ。日本人の社長がいきなりシンガポールで立ち上げた会社で、今年で創業5年目になる。クリスマスパーティは、創業5周年記念も兼ねている。

社員のうち日本人は、社長と私と営業部長の3人だけ。それ以外は、シンガポール人、韓国人、中国人、アメリカ人、オーストラリア人、インド人、マレーシア人と、多種多様な国籍で構成されている。小さな移民国家シンガポールの縮図みたいな会社だ。

「ま、国籍とかどーでもいいから。それぞれが得意なことで活躍してくれればいいんで」というのが、面接で社長が言った最も記憶に残る言葉だ。それ以上に、最初の面接でいきなり社長が出てきて、その場で内定を出したことにびっくりしたんだけど。

私の仕事は、社内における様々な雑務。

日本語から英語への書類の翻訳や、社長や営業部長のスケジュール管理。さらに、営業チームの一員として、営業にかり出されることもある。飲み会要員として接待に出動することも多い（私はお酒大好きだし、タダ飯も食えるしで、まったく苦にはならない。むしろウェルカム！）。

最近は業務も忙しくなって、とくに中国企業や韓国企業の存在感が増してきているので、それらに対する営業と取引管理の仕事もしている。

その他にも、日本企業とやりとりをしているアメリカ人や韓国人の社員に彼らとの付き合い方の指導をしたり、軽く日本語を教えたりもしている。それと同時に、中国人や韓国人スタッフに、中国・韓国なりの仕事法のレクチャーを受けてもいる。

同じことを伝えるのでも、国ごとに伝え方は全然違う。アメリカ留学のときに苦労して身につけた「グローバルスタンダード」は、実はただの「アメリカ流」でしかないことに気がついたのは大きな収穫だった。世界には無数の「○○流」があり、相手の作法に合わせて伝え方をちょっと変えるだけで、話はスムーズに運ぶし、相手から信頼もされる。

たとえば、私たちのチームが中国企業から初めて受注を取ってきたとき、社長は「中国企業に関しては、契約をした時点ではまだ営業成績に含めない。回収するまでが営業だからな」と、言ってきた。

最初は何のことかわからなかったのだが、実際、代金の支払い日に振込が行われない。中国人の同僚に聞いてみたところ、向こうの購買担当者のミッションは「1日でも支払いを遅らせること」なのだそう。この文化の差にはさすがに驚いた。

とはいえ、高圧的に入金を迫っても相手は殻《から》に閉じ込もってしまうので、次の取引での値引きなどをちらつかせながら、妥協しない交渉が必要になってくる。

そんなアドバイスをくれた中国人男性の同僚だけど、以前、彼が仕事でミスしたときに私がみんなの前で彼を怒ってしまうと、社長がすぐに私を給湯室に引っ張り込んで、「中国人に、それをやっちゃダメ！」と教えてくれた。

彼らはプライドが高く、人前で叱られることを何よりも嫌う。叱るときは、一対一で、相手を責めないように諭《さと》さなくてはならない。ちなみにこの後、彼との関係修復に3カ月もかかった。

私は、日本の学校で「日本流」にうまく対応できず、くすぶっていたことが原因で、「日本流」に怨念を持っていた。「日本流」を否定したいがあまりに、「アメリカ流」に過剰に適応していたんだと、今では思う。合理性を過剰に重視し、細かなこだわりや気遣いをバカにしていた。アメリカにいるときはそれでよかったけれど、日本でも日本を否定するオーラを出し続けていたことで、日本企業には受け入れてもらえなかった。当然といえば当然の結果だった。

シンガポールは世界各国から移民を積極的に受け入れている国で、住んでいる人の35％ほどが外国人だと言われている。

人によって仕事の仕方も、考え方もバラバラ。でも、みんながそれぞれ歩み寄りながら商売をしている。そんな様子を見ていたら、ひとつのやり方でしかない「日本流」のダメさを延々と訴えるのも、「アメリカ流」の素晴らしさを語るのもバカバカしくなった。正解なんかないんだ。その場その場で最適な答えを探せばいいんだってね。

そうやって個人的な怨念を取り払って物事を見ていると、日本の素晴らしさが見えてくる。私が働いていたスーパーマーケットでは、店員たちはレジのレシートの紙が切れると、一生懸命紙を補充しながら、「ゴメンナサイね」と謝り、別のレジを開けるべく他の店員を呼んでくれる。

シンガポールではそんなことはあり得ない。客は、店員がちんたら紙を補充するのをレジの前でただひたすら待ち続けるしかない。アメリカではもっと酷くて、お釣りのコインは投げて渡されるし、英語の発音がおかしいと客をバカにして笑うし……。日本では心の中でずっとバカにしていたおばちゃんたちだけど、すごく優秀な従業員だったんだってことに、シンガポールでようやく気づいた。

でも同時に、そんな気が利く店員のサービスが当たり前の日本のやり方が、世界中のどこでも最適なわけではないこともわかった。たぶん、いろんなバランスを取りながら、その土地のお客さんが望んでいるサービスを作り上げていかなきゃいけないんだろうな。

そうやって、毎日試行錯誤していくのが今は本当に楽しい。日々研究、日々発見、日々失敗、日々改善、日々成功。この4カ月は、私の最高の思い出であるアメリカの交換留学生活に匹敵するくらいのエキサイティングな日々だった。いつの間にか、私に巣食っていた日本への怨念なんて消え去っていた。

今日も韓国人の朴《パク》さんとケンカしながら仕事を進めていたら、いつの間にか午後3時になっていた。

「It's Party Time!」

この会社で一番ファンキーなオーストラリア人のキャリーが、きゃりーぱみゅぱみゅのコスプレで叫ぶ。

いつも仕事は夕方6時くらいに終わる。忙しいときでも8時くらいには帰れる。残業手当は出ないけど。最近は仕事が終わった後、ヨガ教室に通うようになった。

でも、今日はクリスマスパーティなので、会社は3時で終わり。同僚のみんなと一緒に下の階のパーティ会場に向かう。同じオフィスビルに入っている別の会社でもコスプレパーティがあるらしく、ビルのロビーは色鮮やかなパステルカラーであふれている。ちょっと異様だけど、ウキウキする風景。

「鈴木さん！　すみません。ここでいいのかな？」

そこには、黄色いピカチュウの着ぐるみを着た、日本人の女の子が立っていた。日系の大手商社で真面目に仕事をしているはずの、あの松井さんだ。

7　自由でカオスな職場

「Oh! ピカチュウ！　ピカチュウ！」

松井さんは、みんなにもみくちゃにされている。たしか、松井さんがこの会社に来るのは初めてのはずだが、一瞬にして全社員のおもちゃになっている。ピカチュウの力のおかげか、彼女のキャラのせいなのかはちょっとわからないけど。

実は今、私と松井さんはルームシェアをしている。

シンガポールの家賃は東京以上に高くて、１ＬＤＫの部屋で16万円以上する。私たちみたいな現地採用の一人暮らしが住めるようなワンルームマンションはほとんどない。したがって、2、3個ベッドルームがあるような部屋を数人でシェアするのが普通なのだが、ちょうど同じ時期に部屋を探していた松井さんと一緒の家に住むことになったというわけだ。

ちなみに、もう一人シェアメイトがいて、それがリオのカーニバルの衣装を着たブラジル人のマリア。彼女は元々リオデジャネイロ在住だったので、あの衣装もわざわざ実家から送ってもらった本物らしい。普段は行動のすべてがいい加減なのに、こういうときだけ手間隙《てまひま》かけて準備をするのがラテン系のすごいところ。

マリアは私たちとの約束の時間は絶対に守らないのに、毎日国際郵便の状況を熱心に確認している。リビングの共有スペースで脱いだ服は必ず放置したままなのに、届いたカーニバルの衣装は丹念にほつれを補修した。

このパーティにかける彼女の情熱は、私たちには理解できないものがある。ちなみに、彼女のおじいさんは日本人らしく、彼女もちょっとだけ日本語がしゃべれる。

「『ドラゴンボール』をゲンショで読んで、日本語勉強したいでーす」と言っていたので、今度、実家から送ってもらう予定。きっとまた、毎日郵便物の進捗《しんちょく》を確認するんだろう。

このパーティには自分の配偶者やパートナーを連れてくることができるのだが、残念ながらまだパートナーがいない私は、「家族」であるこのシェアメイトの二人を呼んできた。

超絶雑なブラジル人と、超絶マメな日本人。

松井さんは相も変わらず毎日謝って、気を利かせている。マリアの後始末は、すべて松井さんがやってくれるので、私はホントに楽だ。

このマメさは、会社でも評判になっているようで、彼女の同僚の日本人男性と話をしていると、「いやー、彼女は、本当にすごいよ。インド行きの飛行機の手配をお願いしたら、出発前日に正露丸を用意してくれたからね」。

この病的なマメさは、彼女にとって、呼吸するのと変わらないらしい。

「すみません。なんか、そうしないと、落ち着かないんですよ」

ホント、世界にはいろんな人がいるものだ。

松井さんの仕事は、大手商社の駐在員の秘書業務。上司の予定を管理したり、出張の航空券を手配したり、日本の本社とのミーティングをセットしたり。

彼女の会社は純日本企業で、ホントに会議がたくさんあって、上司は1日に5時間くらいテレビ会議に出席しているそう。いったい何をそんなに話すことがあるのかわからないが、たぶん私が入っていたら、そのやり方にキレて怨念を増幅させていただろう。やっぱり人間、適材適所があるようだ。ちなみに、松井さんがその商社に入社してからというもの、彼女と絡みたいがためにわざわざ必要ない会議を開く人が増えたと耳にした。

とはいえ、このような日本人ならではの綿密な打ち合わせが、業務の正確さにつながっていることも事実だ。私の取引先でも、日本企業のミスの少なさは圧倒的で、信頼感は抜群。それゆえに、納期が遅れると大きな損害が発生するような重要な品物は、多少割高であっても日本企業に発注することが多い。この「追加料金」は、綿密すぎるやりとりや、過剰すぎる気遣いへの対価なのかもしれない。

「みんなが気を遣ってくれるので、すごくやりやすいんですよー」という言葉を、私が知る限り、世界で最も気を遣っている松井さんから聞くとは思わなかった。

日本企業である彼女の会社には当然日本人が多く、仕事でやりとりをする相手も日本人中心。あまり英語は使っていないらしい。でも、シンガポールで生活するのだから……と、二日に一度英語学校に行って真面目に勉強している彼女には頭が下がる。

私がヨガのレッスンから帰ってきて、リビングのソファでビールを飲んでいると、彼女の部屋からは英語を音読している声が聞こえてくるので、ちょっと罪悪感を感じたりもする。ちなみに、この罪悪感はブラジル人のマリアにはまったく理解ができないらしい。

そんなことを考えている間に、クリスマスパーティはさらに盛り上がっていく。

各自、壁に自国の国旗を貼り付けているが、もう、いったい何カ国貼ってあるのかわからないくらいのカオスな状態になっている。なぜか、Facebook とか Twitter のロゴを貼っている人もいるし。

こんなふうに、いろんな国籍の人たちが集まり、いろんな価値観の人と仕事ができることは本当に幸せだなと感じている。日本の価値観に馴染めないと勘違いしてアメリカに行ったものの、今度はアメリカの価値観に偏ってしまった自分にとって、自由で、カオスで、それでいてバランスがとれているこの組織はとても居心地がいい。硬く身体を締めつけていた拘束具を破って、やっと本来の自分自身が外に出てきたような気分だ。

8　シンガポール生活の日々

「鈴木さん！　あの中国企業から入金あったみたいだよ！　おめでとう！　その功績をたたえ、昇格を命ず！」

翌朝、二日酔いの抜けない身体で会社に行き、最初に社長の長谷川さんにかけられた言葉がこれ。

この会社の評価制度は加点方式で、何か期待以上の働きをしたときにほめられ、そのまま（主に社長の一存で）昇格していく。

給料は「職務内容」と「評価」が決まれば自動で算出できるように計算式が組まれており、

どれだけ昇格して、どれだけ評価されれば、給料がいくらになるかが一目瞭然だ。

私の場合、入社時の給料が２８００シンガポールドル。当時のレートで約20万円。給料アップは2回目で、１回約７０００円ずつ上がっていったので、今回の昇格で月給は約21万円になった。

生活は、苦しくはないけど、楽とも言えない。

ルームシェアをしている部屋の家賃は、一人約６３０００円。それに電気・ガス・水道代が約５６００円かかる。ルームシェアでも、給料の１／３が家賃に消えていく。ただ、家賃以外の物価は日本より安く、昼ご飯は会社のそばのホーカーズ（屋台街みたいなところ）に行けば、１食３５０円くらいで美味しいものが食べられるしスーパーの物価は日本の半分か２／３程度。優雅な暮らしではないが、生活に困ることはない。

また、日本食や日本製品もそこら中で売ってるので、必要なものが手に入らなくて困ったという経験もない。ハッピーターンも普通に売っているので、箱買いしている。

来月には初めてのボーナスが入るので、松井さんとマレーシアのペナン島へ旅行に出かける予定。アイランドリゾートでの休日。といっても、飛行機が片道たったの３０００円くらいなので、私の地元の横浜から伊豆に行くのと同じような感覚だ。

それから、ここ数年ビザの発給要件が厳しくなっているので、私の給料でビザが出るかは微妙な状況だ。でも、長谷川社長は「大丈夫、お前の雇用は俺が守る」と男気あふれる台詞《せりふ》を吐いていたのでたぶん大丈夫だと、勝手に大船に乗った気持ちでいる。小さなベンチャー企業なんだけど。

こっちで仕事をしていて日々実感するのは、東南アジアや中国の経済が本当に発展しているということ。取引先の中国企業の発注量がいきなり10倍になったり(向こうの入力ミスだと思ったら本当に10倍の発注量だった)、韓国企業がインドネシア支社、カンボジア支社を同時に立ち上げたりと、会社の規模が月単位でどんどん大きくなっているのだ。

それに伴い、シンガポールに住み始める外国人の数もうなぎ登り。この会社も、4カ月前に私が入社した後、すでにタイ人、マレーシア人、インドネシア人の3人の社員を雇っている。あまりにも外国人が増えすぎて、シンガポール人が政府に不信感を抱いているというのもわかる気がする。良い悪いはともかく、変化のスピードが速すぎて、ついていくのが辛い人が出てきているんだろう。

でも私にとっては、このスピードは心地よい刺激だ。

毎日が同じようなスーパーマーケットの業務からすれば、10倍くらいの早さで時が流れている。もしかしたら、日本はあっという間にアジアから取り残されてしまうかもしれない。そんな危機感を抱いたりもする。

ただ、これだけ便利で発展しているシンガポールでも、日本のサービスやホスピタリティのレベルの高さは世界でトップだと感動するし、日本のいいところを日々再発見している。だから、その良さを残しながら、もうちょっと変化に強い国になってくれればいいのにな、と勝手に外側から考えている。

私たちみたいに外国で働いていた人がいつか日本に戻って、そんな日本が変わるきっかけになれば……と思っているけれど、とりあえず、今はこのシンガポールの生活が楽しすぎて、当分日本に帰ることは考えらない今日この頃なのです。

セカ就も会社と個人のお見合い

鈴木さんと松井さん。まったくタイプの違う二人ですが、彼女たちはそれぞれ、自分が活かせる職場を見つけることができました。

日本で就職する際、必ずしも人気企業があなたに一番適した企業であるとは限らないように、セカ就でも「誰にとってもベストな会社」は存在しません。

「会社が求めている人物像」とあなたの距離、「あなたの求める職場環境・職務内容」と職場の距離、これが近ければ一般的には幸せなセカ就になります。ただ、自分が思っていたのと全然違った環境でも、やってみたら意外と合っていたという場合もあります。

求められる能力も固定的なものではなく、TOEICが何点以上あるから無条件で入社可能といった基準の会社はほぼありません。様々な要件および面接官の感情によって合否は決まるので、本当にお見合いのように「出会い」や「ご縁」がものを言うわけです。

外資系企業に関しては、求人に職務要件が非常に細かく書いてあるので、自分の能力が足りているかどうかを判断しやすいのですが、日系企業はこの辺が曖昧で、内定を取った後も、どうして自分が通ったのかよくわからない場合が多いです。

実力がある人にとって、外資系企業は非常に魅力的ですが、初めてのセカ就を目指す人にとっては、それよりも海外の日系企業のほうがより現実的な選択肢となります。

日系企業の職場環境も、会社によって様々です。本章の鈴木さんの職場のように、一般的な日本の会社とはかけ離れたフランクな雰囲気のところもありますし、松井さんの職場のように、日本のキッチリした会社の社風をそのまま持ち込んでいるところもあります。残業時間なども会社によってまちまち。ただ、日本のように毎日終電まで残業、みたいなところは少ないです。

要注意なのは、２０１２年からシンガポールの労働ビザの発給基準が厳しくなり、年収や学歴、職務内容などのさらに高い基準によってビザの発行の可否が決まるようになったことです。２０１３年現在、鈴木さんや松井さんのようなアシスタント職はビザが降りにくくなっているので、そうした職業へのセカ就がしたい人は、現地のエージェントに確認してみてください。労働に関する各国の法律は日々変化していくので、現地の人材会社が非常に頼りになります。

シンガポールでの生活についてですが、ほしいモノはあらかた何でも購入することができます。治安もよく、地下鉄でどこでも行くことができ、一般消費財の物価も東京よりは安いです。

しかし唯一の問題は、鈴木さんたちがシェアする部屋のように、家賃が非常に高いことです。シンガポールには、東京や香港のようにワンルームマンションがあまり多くありません。現実的には、現地採用の人は部屋を誰かとシェアして住むことになります。

このルームシェアは、気の合うシェアメイトと巡り会うと非常に楽しいものになりますが、人によっては、またシェアメイトによってはストレスが溜まる可能性もあります。

一般的に、シェアルームは「シンガポールお役立ちウェブ」(http://www.singaweb.net/)などのウェブサイトや友人の紹介で見つける場合が多いようです。家具などは備え付けなので引っ越しは簡単です。大家さんやシェアメイトと気が合わない場合は、無理せずさっさと引っ越してしまうのがいいかもしれません。

シンガポールや香港は、世界中から多様な人々が集まってきている場所です。仕事やシェアルーム、その他プライベートな場で、様々な国籍の人と知り合うチャンスにあふれています。

その際、かつての鈴木さんのように「このやり方が正しい。あなたは間違っている」というマインドでは、なかなか受け入れてもらえません。**相手の文化を理解し、ときには自国の文化を再発見し、うまく付き合う方法を見つけること。**そのチャンスにあふれているのも、セカ就の魅力のひとつです。

変化を楽しみながら、結果を出し、会社にとって魅力的な人材になると、給料も飛躍的に上がっていくのがシンガポールです。そんな人材を目指して、頑張ってください！

第3章 貿易会社派遣社員からのタイ就職 29歳・職歴7年 石川真美の場合

1　給湯室での衝撃

「青木さん、会社辞めるってよ」

意味がわからない。

この会社に入って以来、ずっとお世話になり続けた、尊敬する先輩の青木さん。彼女がいったいなぜ……と思いつつも、理由はなんとなくわかっていたのです。それでも自分を取り戻すまでに5分くらいかかりました。

私は、石川真美《まみ》。今年で29歳。大学卒業後ずっと派遣社員をやっていて、この会社で3社目です。見た目は身長149センチ、体重55キロで、お笑い芸人の山田花子さんとそっくりと言われます。「真美」という名前が、完全に体を表していないことに29年間悩み続けているんです。

青木さんとは、2年前に入社したときからずっと一緒に仕事をしています。今の仕事環境にずっと満足できていたのは、青木さんによるところが大きかった。彼女という、目標となる先輩であり頼りになる仲間がいたからこそ、私はこれまで楽しく仕事ができたんだと思っています。

彼女はミッション系の一流私立大学在学中に2年間アメリカ留学をしていて、英語が堪能です。身長168センチと長澤まさみのようなプロポーション。細身のスーツを着こなす姿は外資系企業のエリートビジネスウーマンって感じで、なんでこんな横浜の片隅の倉庫みたいな会社にいるのかが不思議でした。ちなみに、下の名前は清花《さやか》。名は体を表すというのはこういうことです。

彼氏はアメリカ人で、たしか名前はウッズ。年に2回シカゴに遊びに行くそうです。好きな場所は東京の中野ブロードウェイ、という非リア充な私とは別世界の人間です。学生時代に憧れていた「スター」のような人と一緒に仕事ができるのは、私の誇りだったんです。アニメのヒーローや漫画のヒロインのような、華やかな世界に縁のない私の、唯一の誇り。

私たちの会社は中国や東南アジアから、家具や雑貨などを輸入し、販売しています。その中で私たちが担ってきた業務は、こうした製品の輸出入に関する書類整備。つまり、貿易事務です。

私たちのチームは青木さんがリーダーで、パートのおばちゃんが3〜5名、そして2年前に入った私。私が加入した当時、ちょうど会社が軌道に乗り始め、取引量が増大しました。ほとんど手作業でやっていた貿易事務の業務が、人手だけでは回らなくなりつつありました。

そこで青木さんが私に指示したのが、Excelのマクロによる書類作成の自動化です。

今まで作っていた書類の内容を分析し、顧客データ、売上データなど、各所に散らばるデータをまとめる。そのデータを入力するだけで書類ができあがる仕組みです。こうすれば、入ったばかりのパートの方でも書類が作れますし、ミスも少なくなります。

言葉にすると一見簡単そうですが、このシステムを作っておばちゃんたちに使い方を教えるのは至難の業《わざ》でした。使用するデータは膨大で、出力する帳票も多いため、データは複雑になります。そこにひとつ間違ったデータを入れるだけで、すべてのデータが狂ってきます。

悪いことに、間違ったデータを入れたおばちゃんは頑《かたく》なにそのミスを隠して、その場しのぎをしようとします。週末に出力した帳票のデータが間違っていて、青木さんと私で土日ずーっと間違いを探したこともありました。

そんなときも、文句を言わず、明るく私を励まし、おばちゃんをたしなめ、チームを率いてくれた青木さん。彼女がクビになるなんて……でも、理由は大体わかっているんです。

1年前、会社に「ERP」とかいう外国製のシステムを入れました。

このシステムは、販売管理、在庫管理、会計管理、人事管理など、会社内のすべてのデータを一括管理してくれます。したがって、私たちが作っていた帳票もシステムが出力してくれるわけです。

システム導入当初は大変でした。データのミスから、機能の停止、帳票のズレなど、トラブルのオンパレード。青木さんと私は最初の1カ月間、月に3日しか休めなかったこともありました。

使いにくいと文句を言うおばちゃんをなだめ、誤ったデータを送ってしまった取引先に謝り、その修正を陣頭指揮したのは、すべて青木さんです。

しかし、導入から3カ月も経つと問題は収束し、私たちの仕事にも平穏が訪れました。と、同時にやることがなくなったのです。

今までは、営業や在庫管理担当者からデータをもらい、Excelに入力するのは私たちの仕事でした。しかし、今は他の部門が入力したデータは自動で帳票に入ってきます。また、会計データ報告資料など、他部門に報告するための帳票を作る必要もなくなりました。私たちが必死で打ったExcelデータの山はハードディスクの肥やしになり、山のように積み重なっていた紙の帳票は、キレイさっぱりなくなりました。

先日、コンビニで見た経済誌の特集は「機械に仕事を奪われる」。

そのときは、あまり気にも留めてなかったのですが、まさか自分たちの仕事が奪われるなんて。しかも、あの青木さんの仕事が奪われるなんて。いったい会社は何を考えているんでしょう！　あんな素晴らしい功労者をクビにするなんて信じられない！

「私が死んでも、代わりはいるもの」――綾波レイの無表情な台詞《せりふ》を思い出します。寝食を忘れて自分が必死でサポートした機械に、仕事を奪われた青木さん。その気持ちを思うと、涙が出てきました。「自分には何もないなんて言うなよ！」と叱責したくなりますが、別に目の前に青木さんがいるわけでは……あ、いた。

「石川さん！　あれ、どうしたの？　目が真っ赤よ。花粉症？　それよか、今晩飲みに行かない？」

2　アメリカンレストランでの衝撃

「私、今度、アメリカ人の彼と結婚するんだ！」

青木さんは私の予想とは違って、リストラとはまったく関係ない寿退社でした。

「石川さん、また早とちりしたの!?　前も『データが間違ってる！　これはシステムの不具合だ！』って言って、システム部門に怒鳴り込んで……でも結局、私たちのデータミスだったわよねー。もっと落ち着いたほうがいいわよー」

ニコニコ笑いながらピザをほおばる青木さん。

この店では、彼女が留学していたシカゴの名物「ディープディッシュピザ」が出てきます。厚さが深底フライパンくらいある、アメリカンなピザ。青木さんが大好物だそうで、目の前でモグモグと食べています。どうやってこれで長澤まさみ体型を維持できているのかが不思議でなりません。

「私、9月からシカゴに引っ越すんで、6月に辞めるの。石川さんともあと2カ月だねー。今までどうもありがとう！」

屈託《くったく》のない満面の笑顔で話しかけてくれる青木さん。うじうじ悩みながら、怒ったり悩んだり泣いたりしている私とは正反対の明るさです。なんでこんな太陽みたいな人が、私と一緒にご飯を食べてくれるのか、正直理解できなくなることがあります。

でも、そんな私の太陽は、アメリカに行っちゃうんです……。

「彼がね、シカゴで起業するのよ。貿易業。シカゴってアメリカの真ん中にあってさ、貿易の都市なの。どう？　面白そうじゃない？」

やっぱり彼女は、こんなちっぽけな港の隅の建物で働くような人じゃなかったんだ。世界の中心アメリカの、そのまた中心シカゴで、世界を相手に働くような人だったんだ！　私みたいな日陰の人間とは違う、世界に大きく羽ばたいていく人。

ちょっと寂しいけれど、それよりも、彼女が彼女のいるべきところに行ってくれることがうれしい。いつもは嫌々食べるディープディッシュピザも、今日は心から美味しいと思えています。

「でさあ……ひとつ相談があるんだけど……。石川さん、一緒にシカゴ来ない？」

「はぁ？」

あまりにも突然の提案に素っ頓狂《すっとんきょう》な声をあげてしまう私。私なんかがアメリカで!?

「やっぱり、気心が知れてて、貿易のことわかっている人がいると心強いのよ」

青木さんの彼氏が立ち上げるのは、日本のマニアックなアニメやサブカルチャーアイテムを輸入して、北米や中南米に輸出する会社。すでに彼が個人でＥＣサイトを立ち上げていて、月収30～40万円稼いでいると言います。彼は今も会社に勤めていて、サイト運営にかけている時間は帰宅後と週末だけですから、この収入はなかなかのものです。

そして、彼のサイトの会員数が大きく増えてきたので、きちんと法人化して、アメリカに倉庫を持って、本格的に運営することにしたのだそうです。

現地のオペレーションは当然アメリカ人（っていうか、出稼ぎ労働者のメキシコ人やグアテマラ人）がやるんですが、日本の取引先とのやりとりは日本語でやらなきゃいけない。それを、青木さん一人でやるのはちょっと大変、とのことでした。

私みたいなオタク女が海外で働くなんて……。でも、青木さんと一緒ならできるかもしれない。扱うモノはオタクグッズだし、やる仕事は今までと大差ない。なにより、あの青木さんが信頼して、私を直接誘ってくれたという事実に胸が高鳴っています。

もしかしたら、これは、私の人生の転機になるかもしれない。

生まれてから25年ずーっと日陰で生きてきた私が、初めて日なたに出るチャンス！　しかも、私の太陽・青木さんと一緒に！

目の前にあったバドワイザーを一気飲みして、答えました。

「イエス、マイロード！　ぜひ一緒に行かせてください！」

3　セブ島での衝撃

「ゴメン！　仕事の件、ダメになった！」

「え……？」

インターネット電話の向こう側、シカゴから届いた青木さんの言葉に私は絶句しました。血の気が引き、意識が飛びそうになります。季節はもう秋。私は、常夏のフィリピン・セブ島にいました。

思い起こせば今から4カ月前の4月のある日。ディープディッシュピザを食べながら、青木さんとアメリカ行きのことを語りました。

その翌日、私は即座に本屋に行き、アメリカの貿易に関する本、英語学習の本、海外生活についての本、そして、会社を辞めるための本を片っ端から買いました。

まず知識から入る私は、何か新しいことを始める前に、大量に本を買い込む癖があるのです。会社を辞めるにあたって一番いいタイミングを探り、失業保険の給付のタイミングなどを考え、6月に退職することにしました。

アメリカと日本の貿易に関する法律を覚えながら、英語の勉強をしていると、フィリピン人に英語を習うオンライン英語教室や、英語留学なんてものを発見しました。

フィリピン人の話す英語はアメリカンイングリッシュに近いらしく、今までタイ人や中国人とばかり話していた私の英語力をブラッシュアップするのにちょうど良さそう。さっそく申し込みました。
気さくなフィリピンの女の子とインターネット電話で話をするだけでも楽しく、いろんな先生と会話しているうちに、たまたま貿易関係の仕事をしている先生に出会いました。私と同じ仕事をしていたフィリピン人の先生と巡り会えたのも、なにかの思《おぼ》し召《め》し。青木さんが声をかけてくれたことといい、なにか見えざる手が、私をアメリカに導いてくれているようでした。

一度も彼氏ができたこともなく、横浜からバスで1時間行ったところにある、何もない港のそばのアパートで、漫画やライトノベルを読む日々でした。あと、アニメのブルーレイも。公開が迫った『ヱヴァンゲリヲン新劇場版：Q』への期待が抑えられず、月に3回ずつ「序」「破」を見返しているので、最近は日常会話にヱヴァが侵入してきて、ヤバいことになっています。

倉庫併設のオフィスは横浜の街から遠く離れた海の近くにあり、車がないと移動はすごく面倒くさい。でも、鈍くさい私は車の免許も持っていません。しょうがないから、オフィスのすぐそばの団地に住んでいました。休日たまに重い腰を上げて外出をするのも中野か秋葉原といった典型的な腐女子《ふじょし》の私ですが、青木さんに誘われた日を境に生活は一転したのです。

6月末に円満退社し、7月に引っ越しの準備をして家を引き払い、8月にフィリピン行きの飛行機に乗りました。例の先生が在籍している英語学校に留学するためです。

青木さんの旦那さん(7月にめでたく入籍!)の会社は無事に設立完了して、小さく営業も開始しているのですが、私の就労ビザが出るまでにはもう少し時間がかかる。そんな時間があるのならと、フィリピンのセブ島に、ビザが下りるまで1、2カ月間語学留学することにしたのです。

セブ島での生活はエキサイティングでした。

今までオンラインで習っていた先生との感動の対面。

実際に使う通関伝票などを見ながらのマンツーマンの超実践的授業。

そして、たくさんの変わった日本人との出会い。

ここに来ている人は、これから世界一周旅行に出るヒゲ面の男性や、シンガポールで就職できずにセブで英語修行しているウェブデザイナーの青年や、ネット通販のサイトを運営している会社の社長など、それまでに会ったことのない人たちでした。

「この世界は、私の知らない面白いことで満ち満ちている!」

私みたいに地味な腐女子がいるのが場違いな気がしたけど、学校のみんなは「石川さん、これからアメリカで仕事するなんてすごいですねー」と言ってくれたんです。

今までずっと地味で暗かった自分が、明るい世界に仲間入りしたような気がしてたんですが……突然の電話で、また日陰に引き戻されました。

「ゴメン……。どうやら、ビザが下りないらしいの……」

青木さんは泣き声でした。

2008年のリーマンショック以降、ビザの発給が厳しくなったのですが、旦那さんは何とかなるだろうという目算だったようです。でも、どうにもならなかったということの現実。

私にとっての一大事。なのに、なぜか私は一生懸命、青木さんを慰めていました。

混乱状態の中、英語学校の自室に戻って、ちょっと泣いて、シャワーを浴びて、ベッドに寝転がって、ぼーっとしていました。

「あーあ、やっぱり私は日なたに出るべき人間じゃなかったんだな……」

残念だけど、ちょっとすっきりした気持ちになっていたのも事実です。

4　朝食での衝撃

翌日。朝食のテーブルで、学校のメンバーにことの顚末《てんまつ》を話しました。

「仕方がないよ。私の友達もロンドンで5年も働いたのに、去年いきなりビザが継続できなくなって、来年どこか他の国に行かなきゃだし」

「そうなんですかぁ。まあ、今は落ち着いて、とりあえず英語の勉強でもしてます……」

そこへ遅れて入ってきたウェブデザイナーの本田君が、こんなことを言いました。彼は日本からシンガポールに行ったものの就職できなくて、ここセブ島で英語修行をしています。

「だったら、アジアで就職すれば？」

アジア……？　私の目が点になっても、彼はしゃべり続けます。

「この前、シンガポールで就活したときも、俺は仕事が見つからなかったんだけど、貿易とかやってるんだったら、仕事はありそうだったよ。別にシンガポールじゃなくても、インドネシアとか、タイとか、いろんな国で貿易の仕事はありそうだし。せっかくフィリピンにいるんだから、授業期間が終わったら、どっか寄ってみたらいいんじゃない？」

思いも寄らないことでした。アジアで働く？

でも、もし仕事があるなら、アジアで暮らすのもいいかも。あまり神経質ではないのか、このフィリピンでもまったく普通に生活できています。部屋にアリが出ようが、シャワーの水圧が低かろうが、平気でした。

その日の授業を終えて、私はiPadでアジア海外就職に関するサイトを開いてみました。そこには私の知らない世界が広がっていました。

タイやインドネシアの日系企業では、20～30代の若者に仕事がたくさんあり、女性も多く活躍している。むしろ、女性のほうがタフだからうまくいく場合が多いなんてこと、想像もしていませんでした。

驚いたのは、海外就職の事例として、タイで貿易事務の仕事を見つけた29歳の女性のインタビューが載っていたことです。まさかの同業、しかも私と同い年。こんな偶然って……。しかし、記事を読むと納得がいきました。

アジアに進出している日系企業は、当然日本やその他の国々と貿易をしています。その裏で、貿易のためには書類を作ったり、トラブルが起こったときの対応をしなくてはなりません。とくにトラブルが起こると大変です。日本に比べて、東南アジアの人たちはいい加減であきらめが早い人が多いので、対応に難儀します（私も仕事で何度もひどい目に遭いました）。

そんなときに、やりとりをする相手の国に日本人がいてくれたら……と思う担当者は多く（私もその一人です）、貿易事務の仕事に日本人の求人が多いのだそうです。

この論理は、貿易事務をやっていた身としてよくわかります。もしかしたら、私にもできるかもしれない……。

どっちにしろ、会社は辞めてしまったわけだし、そのままシカゴに行く予定だったから日本に帰るチケットはまだ取っていないし、あと2週間残っている授業が終わったら、どこかアジアの国で就職活動してみようかな。

すぐに、セブからタイ・バンコクへの航空券を調べてみると、1万4千円なんていう驚きのチケットが出てきました。

「これも何かの縁だし、とりあえず、バンコクに行ってみよう」

自分に言い聞かせるように独り言をつぶやき、チケットの購入ボタンをクリックしました。

5　バンコクでの衝撃

初めて訪れたバンコクは、びっくりするくらいの大都会でした。セブ島とは次元の違う豊かさを感じます。

ピカピカのバンコク・スワンナプーム国際空港から、エアポート・レール・リンクに乗って20分もしないうちに市内に着きました。そこから、地下鉄に乗り換えてホテルへ。ネットで予約したのは1泊3000円もしないホテルだったのでまったく期待していなかったのですが、日本のビジネスホテルよりはるかに綺麗でオシャレな部屋があてがわれ、こちらが驚いてしまいました。ただ、部屋にアリは出ますが……。

まだ明るいので街を歩いてみると、「東京みたい！」と思ってしまうくらいの都会です。私たちの会社がある横浜の隅っこの港よりもずっと。

メインのスクンビット通りを走るモノレールに乗ってみると、その都会っぷりが際立ちます。どの駅にも大きなショッピングモールが直結しており、その看板には、「無印良品」「大戸屋」「CoCo壱番屋」といった、日本でもおなじみの名前が並んでいます。ガラス張りの店舗が並ぶショッピングモールは、ウィンドウショッピングをする人たちであふれ、若い女の子がアイスクリーム片手に楽しそうに話をしています。

そもそも、このモノレールの中にあるモニターには、さっきからずっとユニクロのCMが流れています。こちらでは平気で音も出しています。車内の人たちも、普通にiPhoneでTwitterを見ていたり、iPadで本を読んでいたりと、日本の電車の中と変わりがありません。

仕事でたまにタイ人とやりとりをすることがあったから、ある程度は知っているつもりでしたが、来てみたら想像とはまったく違うレベルの都会でした。

いくつかのショッピングモールに入ってみても、日本で手に入るものは何でも手に入るんじゃないかってほどです。『ドラゴンボール』や『NARUTO』のグッズはもちろん、『黒執《くろしつ》事《じ》』のセバスチャンフィギュアから、『テニスの王子様』のコスプレグッズ、私が集めているウミウシのストラップまで、マニアックな品も普通に売ってます。

市内の紀伊國屋書店では、漫画を含む日本の本が大量に売っていて、値段も日本の1・2倍程度。今まで徒歩圏にコンビニ1軒、スーパー1軒、吉野家1軒しかなかった我が家より、格段に便利な生活ができそう。これは予想外でした。セブ島に行ったときは、「やっぱり、アジアは『発展途上』の国だなあ」と思ったものですが、バンコクはすでに「発展済み」の都市だったんです。

せっかくなので吉野家で牛丼を食べてみると、日本と同じ味がしました。ホテルへ帰る途中にはいろいろな看板が出ています。

「バンコクで英語を習いませんか?」

「アメリカの汚いレストランでバイトをしながら英語を学ぶより、バンコクのピカピカの学校で!」

「MBAを取ろう!」

「タイ国内だけじゃない! 世界で通用する大学を出て世界に飛び立とう!」

すごいなあ……。これって、日本にある広告と内容が変わらない気がします。ここはたぶん、日本で言ったら新宿とか渋谷にあたるところだろうから、普通の若い人たちがこの看板を見て、「英語を学ぼう!」とか「MBAを取ろう!」とか思うわけです。

もしかしてタイ人って、私が考えているよりもはるかに先進的で、日本人と変わらないっていうか、それ以上に優秀な人がゴロゴロいるんじゃないでしょうか。私が一緒に仕事をしていたタイ人は全然真面目に仕事をしてなかったけど、バンコクでこれからいっしょに働くことになるかもしれないタイ人のスタッフは、みな優秀で、英語もタイ語もしゃべれて、MBAを持っている人ばかりかもしれない。

それにひきかえ、私は二流大学の商学部卒。英語も下手くそだし、タイ語なんてしゃべれない。そもそも、ただの派遣社員事務職。おまけに、根暗で人望もない眼鏡のオタク。彼氏もいたためしがない。こんな華やかな都会のバンコクで働くなんておこがましいんじゃないか……。

そんな考えに取り憑《つ》かれていると、陽がすっかり落ちて、キラキラと輝く夜景の美しさに負けそうになります。そのキラキラが「ここは、お前なんかが働ける場所じゃねえんだよ」って言っているように思えてきてしまう。

バンコクって……怖い。なんだか一気に暗い気持ちになってきました。

6 人材会社での衝撃

「石川さんみたいな方なら、非常に多くの会社から引き合いがありますよ！」

バンコクの人材会社の担当の宮里さんは、こうやって力強く私の背中を押してくれました。

セブ島からネットで仮登録したこのエージェント。メールの返信が一番丁寧だったので最初に訪問することにしたのですが、実際、私のとりとめのない不安を真摯にしっかりと聞き入れ、第三者の目線で私の現在の状況を分析し、アドバイスをくれました。

それは、この一言に集約されていました。

「もっと自信を持ってください。あなたがやってきた仕事は立派な仕事です。その経験は、バンコクでもきっと多くの人の役に立ちます」

私がコンプレックスを持っている学歴や職歴は、さほど問題ではないということでした。

「面接するのは日本人だから、高学歴で損することはないですけど、学歴で足切りをするほどたくさんの履歴書が届いているわけではないですからね。同僚のタイ人は日本の大学の名前なんて知りませんし。派遣社員という職歴に関しても、別に誰も気にしません。一度派遣社員になったら、正社員になれないなんてことは、こちらじゃありません。そもそもなんで、日本は派遣社員って言葉がそんなネガティブに使われちゃうんですかね」

たしかにその通りです。タイの日本企業は大企業でも従業員が100～200人程度のところが多く、そのうち日本人は十数人。したがって、一人がやらなきゃいけない仕事の範囲は広く、誰かが怠けていたら、会社全体が回らなくなります。だから、学歴やら仕事の肩書きではなく「その人が何ができるのか」ということを重点的に見て、採用を決めるのだそうです。

冷静に考えて、私が社長や部長だったらそうやって選ぶと思いました。じゃあなんで日本は……と訊けば、応募者が多いので書類選考で足切りしやすいから。もしくは、現場を知らない人事担当者が最初の面接を行うので、わかりやすい項目で判断するんじゃないですかね、とのこと。

「たしかに、派遣会社の私の担当も、勤務している会社の人事部も、現場のことが全然わかっていなくて、紹介を受けた案件が私の経歴と全然合っていないことはよくあります。貿易事務と営業支援の違いもわからずに、『どっちも事務だから大丈夫ですよね？』みたいなことを言う人がいるくらいです」

「その点、所帯が小さいタイの日本企業は、人事専任の人なんかいないし、面接をするのは必ず自分の上司になる人だから、そうそう変なことにはならないんです」

「なるほど。それって普通のことなんですよね？」

「はい。日本にある日本企業以外はみんなそうなんですけどね……」

笑いながらこんな話ができるくらい、リラックスした時間。宮里さんが担当になってくれてよかった。私、タイでもやっていけるかも……と思った次の質問で、私は凍りつきました。

「石川さんは、なんでバンコクで働きたいと思ったんですか？」

「え……」

そういえば、私はなんでバンコクなんだろう……。っていうか、もともとアメリカで働く予定で、それがダメになって、フィリピンでタイのことを聞いて、それでバンコクに来て……別に、バンコクがどんなところかもわかってないし、来るのはこれが初めてだし、なんだかそんな状態で来て仕事を探すって傲慢《ごうまん》というか失礼というか……。

顔面蒼白《そうはく》になったところで彼は察してくれたようでした。

「ちょっと落ち着いてください！　また、勝手に落ち込もうとしてますね。大丈夫です。石川さんはバンコクの会社に求められている人材です。だから、これからバンコクで暮らしていくかもしれないんです。その生活を楽しめるかどうかは、石川さんの問題ですよ。どうしたら会社の人に受け入れられるかではなく、どうしたら石川さんがバンコクで暮らすことを楽しめるかを、自分で判断してみてください。幸い今日は金曜日ですし、土日にバンコクの街を歩いてみたらどうですか？」

この人はすごい。私がすぐにパニックになること、そしてその原因は、私が過剰に人に合わせようとすることにあると見抜いている。私は、今その癖に気づいたのに。

「あ、私の友人で、日本語を学習中のタイ人の男性がいるので、明日会ってお食事でもしてみます？」

もちろん、会ってみることにしました。

7　面接での衝撃

「石川さんは、なんでバンコクで働きたいと思ったんですか？」

「私のスキルが、バンコクの御社の業務のお役に立てるかと思ったからです」

バンコクでの初めての面接の場で、私はこんな答えをしました。

私は今まで、自分が人の役に立てるなんて思っていませんでした。誰かに命じられたことを、命じた人が怒らないようにこなすのが目標でした。

でも、バンコクの街を歩きながら考えたら、今のままの私でも誰かの役に立てるのかもって思うことができたんです。

土日にホテルのスタッフやショップの店員と話して感じたことは、みんな、思った以上に英語が下手だということです。

「She goes」のような、三人称単数現在の「s」をつけるルールなんて誰も守らないですし、「そこはgoじゃなくてwentじゃないの？」なんて思うこともしばしば。文法が間違っているとすかさず怒られた学生時代のトラウマから、前の会社でも電話を避けて、できる限りメールで業務をこなしていたのですが、タイの人たちはそんなことはお構いなしで、どんどん話しかけてきます。

かわいいアオウミウシのストラップを買おうと思って、提示された価格を値切ると「OK！ 30バーツ！」とか言って値下げしてくれるのですが、50バーツ払ってもおつりは10バーツしかよこしません。日本でそんなことしたら、Twitterで晒《さら》されて炎上するのに、店員は確信犯なのか天然で気づいていないのか、ニコニコしながらこっちを見ているばかりです。

実際、貿易業務のうえでも東南アジアの人たちのミスは多く、私はそれをいつも必死に訂正していました。本来は彼らが訂正すべきなのに、なんだか間違いを指摘するのがはばかられて、全部自分で直していたのです。

その代わりと言ってはなんですが、彼らの向学心はやたら強く、次々と貪欲に新しい仕事を覚えていきました。ただ、ある程度仕事を覚えるとさっさと転職してしまい、担当者が変わって一からやり直しになるなんてことも多く、それゆえ私には「同僚」と思えるタイ人がいなかったんです。

もしかしたら私は、彼らの足りないところを補完できるかもしれない。そして、彼らにとって役に立つことを教えてあげられるかもしれない。「僕は、ここにいてもいいのかもしれない」。

思わず、碇シンジの台詞をつぶやいていました。

昨日宮里さんに紹介してもらったタイ人男性・チャナさんとの待ち合わせ場所、バンコク最大の電脳市場ＭＢＫにやってきました。秋葉原の裏道にあるパーツショップと、浅草の仲見《なかみ》世《せ》にある外国人向けの土産物屋をタイ風に味付けして、ひとつのビルにしたようなもの。それがこのＭＢＫです。その最上階にあるＣｏＣｏ壱番屋がチャナさんとの待ち合わせ場所。

歩道橋の上から見えるＭＢＫの前の小さなステージでは、キラキラした衣装を来た女の子たちが、歌い、踊っています。

「歌はいいねえ……リリンの生み出した文化の極みだよ」と、エヴァのカヲル君のように風に髪をなびかせて耳を澄ましてみると、彼女たちが歌っているのは、ＰＳＹの「江南《カンナム》スタイル」でした。

かわいらしい少女がステージの上で歌い、踊る曲が、なぜ韓国人のオジサンの曲なのかはわかりませんが、ここバンコクでは、セブンイレブンなどで流れている音楽もＫＡＲＡや少女時代などＫ-ＰＯＰばかり。アニメでは優勢な日本も、音楽では完全に負けています。ジャカルタのＪＫＴ48に続き、バンコクへのＢＫＫ48の早期投入が待たれるところです。

時間ぴったりに到着すると、男性なのに私と同じくらい小柄なチャナさんが、入り口近くの席にちょこんと座っていました。ちゃんと時間を守るタイ人もいるんだ。どうやら私のタイ人観は、かなり偏見が入っていたようです。

久々のココイチに興奮し、カニクリームコロッケをトッピングしたカツカレーを食べながら話をしていると、私の「ここにいてもいいんだ」という自信は確信に変わりました。

「私たちタイ人は、日本語話せれば給料たくさんもらいます。だから、私は日本語を覚えたいと思います。あなたが日本語話すだけで私はとてもうれしいでしょう。ありがとございます。貿易会社で働くタイ人ならば、日本企業の貿易の仕事覚えるだけでもっと給料はもらえるでしょう。あなたが仕事のやり方を会社のタイ人に教えてるだけで会社は喜びます。私たちタイ人は、あなたが会社に来たことに感謝するでしょう」

ちょっとたどたどしくて堅い日本語でしたが、言っている意味はよくわかります。教科書で勉強すると、こうやってちょっと不自然な日本語になってしまうんでしょう。それを矯正《きょうせい》するためには、ネイティブの人とたくさん話して指摘してもらう必要があります。

私たち日本人はお金があるので、フィリピンやアメリカなどに留学をして英語を習うことができます。一部のお金持ちのタイ人もそうです。しかし、まだまだ所得の低い一般のタイ人はそうもいかないですし、日本語に関してはその機会はさらに少ないのです。

そういう状況下で私が近くにいることは、日本語の貿易を学びたいというタイ人にとっては、彼らのキャリアアップのチャンスになるのです。

曲がりなりにも私は、6年以上も貿易の仕事をしていました。もちろん日本語もネイティブです。この技術を欲しているタイ人や会社はたくさんありそうだし、その人たちにとって私のスキルはきっと役に立つ。

日本では、私の持っていたスキルはさほど珍しいものではありませんでした。でも、タイで働く場合、私のスキルは特殊です。バンコク市内でも、日本語ネイティブで輸出入業務を理解している人は多くはないはず。もちろん、英語は下手くそだし、タイ語はしゃべれないしで、迷惑をかけることはたくさんあるでしょう。でも、それを上回るメリットを周りの人に与えることができるかもしれない。

そう考えると、初めて「自分に自信を持って仕事ができるようになれるんじゃないか」って気がしてきました。「青木さんと一緒に仕事をしている自分」ではなく、「会社や同僚に貢献できる自分」に自信を持つことが。

「ちなみに、チャナさんは、なんで日本語を勉強し始めたんですか？」

「私は日本のアニメが好きなのです。小学生で、『聖闘士星矢《セイントセイヤ》』見て日本語に興味をありました。『ヱヴァンゲリオン』、謎解きたくて日本語勉強しました。今、『魔法少女まどか☆マギカ』と『黒執事』が大好きです」

「えー!?　本当ですか？　私が好きな作品ばっかです」

「マミさんは『まどマギ』の巴《ともえ》マミと同じ名前ね。魔法少女のマミさん、私に日本のアニメをもっと教えていただけませんか？」

驚いては見せたものの、実は最初に会ったときから同じ匂いを感じていました。『まどマギ』のキュゥべえのシールを携帯電話に貼っていたからです。この人とは友達になれそうな気がします。今まで男の友達なんかは一人もいなかったし、男性ともロクに会話したことがなかったのですが……。

別れ際、駅まで送ってくれた彼は、改札の向こうから「ティロ・フィナーレ！」と『まどマギ』のマミさんの必殺技を叫んでいます。バンコクにも腐男子はいるみたいです。この街が少し私に近づいてきた気がします。

月曜日、宮里さんからのメールにたくさんの求人票が添付されていました。

「あまりにも多くのオファーがあったので、私のほうで選別して5社分だけお送りしています。これ以外にもありますので、もしご希望でしたら追加で送付いたします」とのこと。

私みたいな人間がこんなにも多くの会社から誘われるなんて……。こんなチャンス、私にはもう巡って来ないかもしれない。

このとき、私は、絶対タイで仕事をしようと決意しました。

結局1週間で5社の面接を受け、4社で内定をもらいました。

そのうち2社はたいへん熱心に私を誘ってきて、宮里さんがうまく両社の間に入って交渉をしてくれたことで、給料などの条件面を引き上げることができました。なんと、日本にいるときよりも額面で給料が高くなったのです。最初18万円くらいだったのが、あれよあれよという間に額面24万円。1年に一度の日本帰国の航空券も付いてきました。これには宮里さんも驚いていました。

正直、どちらの会社にも行きたかったのですが、訪問時に日本語の教科書を熱心に読んでいるスタッフを見かけた企業を選びました。日本のおもちゃや雑貨を輸入して、タイ国内や東南アジア各国に卸す会社です。もしかしたら、私のオタク知識も役に立つかもしれません。

8　バンコクでの仕事（と恋）の衝撃

「サワディーカー（さようなら）」

今日も業務が終わって、帰り道にタイ語教室に向かっています。

バンコクの生活も、はや1カ月。いろいろ問題もあるけど、楽しく仕事をしています。家は、会社から地下鉄で10分くらいのところにあるマンションに住んでいます。

できたばかりのタワーマンションで、プールやフィットネスジムも付いていて、月7万円。ちょっと贅沢かな……とも思ったのですが、初めてのバンコク、私も一応女です。安全も考えて、いいところに住んだほうがいいよと言われたこともあり、ここにしました。

日本では小さなワンルームマンションに住んでいたので、リビングが15畳以上はありそうなこの1LDKを持て余していますが、贅沢な悩みです。ちなみに、横浜のときと家賃は同じです。

ただ、見た目は綺麗なのですが、玄関のドアの建て付けが悪く、外の風が微妙に吹き込んできて台所が砂だらけになったり、キッチンにあんパンを置いていたらアリにたかられたりと、問題もよく起こります。

それでも、マンションの敷地内にセブンイレブンがあったり、すぐそばにFUJIレストランという日本食チェーン店があったりするのは、日本のご飯が大好きな私にとってはとても助かります。電車で数駅行けば、イオンのマックスバリュもあるので、ほしい食べ物はあらかた買えますし（ちょっと高いけど）。

それから、タイ料理も口に合うので、近所の一食２００円くらいの店で焼き飯とか焼きそばとかもよく食べています。１缶１００円もしないシンハービールも美味しいです。まだ住んで１カ月だからよくわからないけど、家賃を除く生活費は日本の半分強くらいしかかかってないかもしれません。

給料は、今は８万バーツ。税金とかを引いて日本円に換算しても、23万円ほどあります。日本にいるときは手取りで20万円を切るほどだったので、金銭的にはすごく余裕ができました。

こんなふうに、生活面で大きく困ることはありません。就活をしていたときにも思ったことですが、必要なものはほぼ手に入ります。そもそも、家具は部屋に最初から付いていますし、一年中暑いので、洋服は日本の夏服さえ持ってくれば、私みたいな着るものに無頓着《むとんちゃく》な人は買い足す必要がありません。そもそもこっちの人は、日本人ほどはオシャレに気を遣《つか》ってませんし。衣食住に関して、先ほどの吹き込む風やアリ以外は問題がないので、快適に生活できています。

仕事も、今のところは順調です。

担当する業務は、予想以上に日本でやっていたものに近く、取引先も日本人が多いので、今までの仕事とあまり代わり映えがないくらいです。日本のおもちゃや雑貨を取り扱っている私の場合は、とくにその傾向が強いのかもしれません。

マレーシアやシンガポールに輸出するときも、取引先の担当者が日本人だったりすることがしばしばです。私みたいな日系企業の現地採用もいれば、ローカル企業に勤めている現地採用の日本人もいます。青木さんみたく、現地の人と結婚した日本人の方も。

社外との交渉で使う言葉は英語8割、日本語2割。フィリピン留学で貿易用語を覚えていたのが今、本当に役に立っています。普通の人は知らないような専門用語も多々あるのですが、実際に使う単語は少ないので、一度覚えてしまえば苦労することはほとんどないんです。

ただ、唯一苦労しているのは社内のコミュニケーションです。

思った以上に英語が通じるスタッフが少ないのです。マネージャークラスのスタッフは英語で意思疎通ができるのですが、それ以外だとかなり簡単な英語でもうまく伝わらないことがしばしばあります（私の英語が下手なのも原因ですが）。

やはりタイ語を身につけなくてはと思い、入社初日の勤務終了後、家のそばのタイ語教室に申し込みをしました。日本語で教えてくれる学校が1時間500円もしないので、お財布にも優しいです。

ここでは言葉以外のコミュニケーションでも、日本人とは違う気の遣い方をする必要があります。タイ人スタッフは、日本で一緒に仕事をしていたパートのおばちゃんたち以上に、やっかいです。時間にルーズで、作ってくるものの完成度が低い傾向があります。

「明日までに、この書類を作ってきてね」と言っても、翌日の夕方まで書類は真っ白なんてこともしばしば。指摘しても謝らず、逆に「あなたの指示が曖昧だった」とか「作り方を教わっていない」とか、言い訳も多いので正直イライラします。

とはいえ、相手がわかるように説明し、こまめに進捗《しんちょく》を確認し、うまくできたときには一緒になって喜ぶ、みたいなことをしてあげると、徐々にですが、レベルが上がってきているような気がします。書類の作り方自体の飲み込みは早いですし、日本語を覚えたいとリクエストしてくる人たちもいるので、私の知識をうまくみんなに伝えられたら、いいチームになるのかもしれません。もちろん、そのためには私自身もレベルアップしなくてはならないのですが。

上司や青木さんに指示されて動くことしかできなかった私が、こんなふうにチーム全体のことを考えて、メンバーへの教育方針を練るなんてことができるようになったのは大きな進歩です。日本人の数が少なかったり、メンバーが私以上に指示待ちだったりすることもあるのでしょうが、ここに来るまでの過程で、自分のキャリアについて一生懸命考えて、自分が今までやってきたことを棚卸しし、自分に自信が持てたことが、この変化のきっかけだったと思います。

タイ語のレベルも少しずつ上がっています。週に2回のタイ語教室に加えて、家ではタイ語吹き替えの『エヴァ』テレビシリーズや、旧劇場版『まどマギ』のDVDを見ています。日本ではすべての台詞を暗記するくらい何度も繰り返し見ているので、タイ語で見てもストーリーはわかります。ただ、かなり偏ったタイ語だとは思いますが。

実は、このDVD、就活中に会ったチャナさんが、就職祝いにプレゼントしてくれたものです。そして、来週の土曜日には、二人で『ワンピース』の映画を観に行こうと誘ってもらいました。

数カ月前、日本で仕事が忙しすぎて劇場で観れず、残念な思いをしていたのですが、まさかバンコクで上映されるとは……。しかも、男性と二人っきりで観に行くことになるなんて、私にとって初めてのことです。マミさんみたく魔法少女におめかししなきゃ……ってカワイイ服なんか持ってないよー。どうしよう。ドキドキ……。

もしかしたら、29年の日陰生活は、南国の強烈な日差しで一転するかもしれません。

今まで私が培ってきた貿易の業務知識も、日本語力も、オタク知識さえも、場所によっては希少なものであり、会社や周りの人の役に立つものなんだ。そんなことを日々感じながら、仕事を進めています。

私にとって大冒険だった海外就職ですが、実は自分を変えるきっかけのひとつにすぎなかったような気がしてきました。バンコクで働き出して1カ月経って、そのきっかけから始まった変化を、私はひしひしと感じています。

「生きるってことは、変わるってことさ」

今、生まれて初めて、私自身が自分の人生の主人公になった気がしています。

ちなみに、今日、うちの会社にシカゴから注文が入りました。担当者名が、「Aoki」だったので、これはもしかしたら……!

セカ就　ワンポイントアドバイス　その３

セカ就は変化のきっかけにすぎない

セカ就を目指す人には、極端に自信満々な方も多いのですが、逆に極端に自信を喪失されている方も多いです。「日本で一生懸命やったのに、うまく行かなかった。こんな私で申し訳ないのですが、海外で働くことはできますか？」という感じの人です。

しかし、このような人でも海外で活躍できる可能性はあります。活躍できるかどうかは、「自分がうまくいっていない原因はどこにあるか」を分析することで、ある程度予想できます。

もしも、あなたが非正規雇用で、「正社員よりも会社の役に立っているのに給料は私のほうが安い！　不公平だ！」と思っていれば、ネックになっているのは日本の雇用制度だという可能性があります。ここから解放されれば、より高く評価されるかもしれません。

逆に、正社員として雇われていて、職務経歴書を書きながら「自分は○○ができます」と言い切れるスキルが見つからない場合は、現在よりも低い評価になる可能性が高いです。このような人は、すぐに海外に行かないほうがいいかもしれません。

また、いま従事している業務が海外でも需要があるかどうかも重要なポイントです。年俸1億円のプロ野球選手も、野球がプロスポーツとして盛んではないヨーロッパにおいては仕事がないように、自分が行く国で自分のスキルを活かせる仕事があるかどうかは、非常に重要です。

アジアの途上国では、製造業関係の仕事が一番需要がありますが、国によって、流通、サービス、飲食、金融、建築など、需要は様々です。これは刻一刻と変化していくものですので、現地のエージェントに相談してみることが大切です。

このように、海外で評価されるには、

1 「何ができるか」が明確になっていること
2 「できること」が、現地で需要があること

この2点が重要になります。

したがって、「セカ就をすることで、自分のキャリアを一から作り直したい」というのは難しい、ということになります。

海外で一番評価されるのは、「今まで（主に日本の職場で）培ってきた仕事上のスキル」です。

ですから、セカ就する際にも、日本で今までやってきたことに関連する仕事をするのが、成功に至る近道と言えます。

海外の職場は人員も少なく、数少ない日本人スタッフの一員としてかなり手広い業務を任されることが多いです。教育にかけてもらえる時間やコストも少ないため、自力でやり方を覚え、手を動かして、人に指示を出せるようにならなくてはならない場合がほとんどです。これを、完全素人の状態から自力で達成するのは難しいです。ある程度、会社に貢献できるスキルが必要となるわけです。

プライベートの生活でも、初めての海外生活ではなにかと苦労することもあるでしょう。仕事も初心者、プライベートも初心者というのは精神的に辛いものがあります。

だからこそ、ある程度自分に実績がある分野に就職し、今まで培ってきたスキルを売りながら、新しいスキルを覚えていくという姿勢が大切なのです。

セカ就だけではなく就職全般に言えることですが、「就業者は、会社にスキルを提供し、その対価としてお金をもらう」という原則を忘れてはいけません。

ただ会社に行って時間を提供したらお金をもらえるのではなく、会社に行って、会社の役に立つことをして、はじめてお金がもらえるのです。海外でも、その「交換」は変わりません。むしろ、よりシビアに見られます。

その交換比率は、同じ会社に長くいると当人にはよくわからなくなってくるものなので、プロのエージェントなどに客観的に見てもらいましょう。

本章の石川さんは、自分の提供するスキルが日本では過小評価されていたこと、そのスキルに対するタイでの需要が大きかったことによって、日本よりも給料が高くなりました。こういったケースはそれほど多くはありませんが、実際にあり得ることです。

何より、実際に海外に来ることで、自分のやってきたことの価値に気づき、自信がついたからこそ、仕事も楽しくなった、という好例です。

経営コンサルタントの大前研一氏は、このようなことを言っています。

> 人間が変わる方法は三つしかない。一つは時間配分を変える、二番目は住む場所を変える、三番目は付き合う人を変える。この三つの要素でしか人間は変わらない。もっとも無意味なのは「決意を新たにする」ことだ。
>
> （大前研一ほか著『時間とムダの科学』プレジデント社、２００５年）

石川さんは二番目と三番目の変化により、自分を大きく変えることができました。ただ、何もない人が海外でいきなり変わったのではなく、今まで育ててきたものが海外に出て花開いたのだ、ということを覚えておいてください。

ちなみに東南アジアでは、石川さんのような女性だけでなく、日本人の男性もモテますよ！

第4章
ウェブ制作会社からのマレーシア就職
25歳・職歴4年
本田俊輔の場合

1 直感で決めた退職

「辞めるなら、今でしょ！」

と、衝動的に口走った1週間後、本当に俺は会社を辞めてしまった。

「辞める辞めるって言いながら、10年も20年もずーっと同じ会社にしがみついてるおっさんってクズだよな」と、俺が年中つぶやいていたツイートがブーメランのように自分に跳ね返ってきて、それをついに実行に移してしまったという感じだ。

俺の仕事はウェブデザイナー……だった。小さいウェブ制作会社でバイトをしてて、そのまま社員になってしまった。

デザイナーっていうとクリエイティブな匂いがするけど、俺の仕事にそんなモノはなんもない。上司のディレクター・中澤が作ったデザインをそのままＨＴＭＬに落とし込むだけ。単なるＩＴ作業員だ。

で、この前、彼のデザインがあまりにも気に入らなかったので文句を言ったら、大ゲンカ。売り言葉に買い言葉で、ついうっかり会社を辞めてしまったというわけ。

突発的なことだったから謝れば済んだ話かもしれないけど、その勢いのまま、会社も辞めるって言っちゃったんだからしょうがない。周りの人からは止められたけど、関係ない。まあ、人生何とかなるはず。いっちょやってみっか！

こんなに楽観的に考えていられるのにも理由がある。「セカ就」ってヤツだ。

この前、大学の友人の香川がFacebookで「シンガポールに就職しました！」って写真をアップしていた。

日本でＩＴコンサルタントをやっていた彼には、その関係の仕事がたくさんあったとのこと。ということは、ウェブデザインの仕事もたくさんあるに違いない。日本に住むのも飽きてきたし、花粉症でだるいし、海外で働いてみるか！ということになったというわけだ。我ながら、短絡的だ。

つい先日、部長・中山との面談も痛快だった。彼は俺のことをなぜかフルネームで呼び捨てにする。

「おい、本田俊輔。お前、本当に会社辞めるのか？　まだ4年目だろ!?」

「はい！　辞めます。4年も働いたので」

「それでお前、辞めてどうするんだ？」

「セカ就します！」

「は？　セカシュー？　ピカチュウの親戚か何かか？　それとも世界の中心でシューシュー叫ぶのか？」

「いえ、世界を舞台に就職するんですよ。略してセカ就です。では、机の整理をしてきますので、また！」

目が点になった中山を尻目に、悠々と席に戻る俺、カッコイイー！

そんな感じで、俺の4年間の社畜生活は、ファンキーに幕を閉じたのだった。

俺が行くべき場所、それはシンガポール。アジアの首都とも言うべき都市であり、世界中から様々な才能が集まるところだ。シリコンバレーなんてもう古い！　時代はアジアだよ。

海外旅行は、実はまだハワイとグアムとシンガポールしか行ったことがないけど、六本木で何度か外国人と話をしたり、道に迷っている外国人に駅の方向を教えてあげたりしたことはある。大学受験で英語は苦手だったけど、それなりにしゃべることはできるはず。

そもそも、ウェブデザインはスキル以上にセンスとフィーリングが大事だし、プログラミングがある程度わかっていれば、フォトショとイラレをうまく使える俺はきっと何とかなる……

はず。学生時代から、友達のバンドのホームページやECサイトを作ったりしていたし。少なくとも、ディレクターの指示通りのウェブサイトを作るだけなら、今の英語力でも通用する、と思う。海外で一流のセンスを盗んで、世界で活躍するデザイナーを目指すぜ！

と、テンションを上げてみるが、一抹《いちまつ》の不安を感じざるを得ない。でも、まずはとにかく前に進むこと。これが大切。この会社にもノリでバイトで入って、そのまま4年勤めたわけだし。

まずは、ググって見つけたシンガポールの日系就職サイトに登録することにした。シンガポールなら、去年、ブックオフで100円で買った村上龍の小説『ラッフルズホテル』を読んで感動し、シンガポールスリングを飲みながらピーナッツを食いにわざわざシンガポールまで行ってきた。もちろんあのラッフルズホテルに泊まったから、大丈夫だ。

日本語の職務経歴書と、履歴書、英文レジュメをアップして完了。TOEICの点数を書く場所があったけど、空欄にしておいた。実は去年、友達とどっちが英語力があるか勝負するためにこっそり受けていたんだけど、ひどい点数だったから。ちなみに、勝負に負けた俺は、焼き肉をおごらされたんだよな。

2　シンガポールでの戦力外通告

「TOEIC350点ですか……」

俺は今、シンガポールの人材会社の応接室で、面談を受けている。目の前の人材会社の田口さんの顔がみるみる曇っていく。

とりあえず「海外経験は豊富なので、日常会話なら何とかなります！」と言って、現地での面談を取りつけたのだが、ここに来てついうっかり口を滑らせてTOEICの点数を言ってしまった。その瞬間、場の空気が重くなった。まあ、遅かれ早かれ英語力をチェックする段階でバレることだったとはいえ、今のこの雰囲気は耐えがたい。

「ただ、デザイン力には自信があります。デザインは、言葉の壁を越えます！」などと言って空気を変えようとしたのだが、相手は黙りこくってしまった。

「たしかにウェブデザイナーであれば、仕事がゼロなわけではありません。日本のIT企業が、法人税が少ないことやアジアの市場に近いというメリットを求めて、ここシンガポールに進出を始めています。そのような会社の中には、従業員のほとんどが日本人の場合もあるので、可能性はないわけではないのですが……」

「では、それでお願いします！」

とはいえ、そんな会社は多くはない。そして、都合よくそんな求人が出てくるほど、俺は運がいい人間ではない。

「今は350点ですけど、必ず英語は勉強します！　ポテンシャル採用で何とかなりませんか？」と食い下がってみる。

「2012年から、シンガポールではビザの発給基準が厳しくなり、就業後の賃金、学歴、職歴、年齢などを総合的に判断し、一定の基準を超えないとビザが下りなくなってしまいました。本田さんの場合、3500～4000シンガポールドル（約25～28万円）以上の賃金がもらえるような職でないと、ビザが下りない可能性が高いです」

ぴしゃりと返されてしまった。

「ですが、一応登録はしておきますので、よい案件があったらご紹介いたします」

どうやら、体よく打ち切られたようだ。

その晩、「やれやれだぜ！」などとひとりごちながら、二度目のラッフルズホテルでシンガポールスリングを飲んでいると、iPhoneにメールが届いていることに気がついた。なんと、俺と面接をしたいという企業が現れたのだ。さっそく明日の午後に面談したい、ということだったので、即座に返事をした。俺は「持って」いる。いや、時代が俺についてきたのかもしれない。

求人票を見ると、聞いたことのない名前のデザイン会社だった。まあ、シンガポールの会社なんて1社も知らないけど。Job Description（職務記述）も英語で書いてある。とりあえず、もうアルコールも入っていることだし、後で読むことにしよう。今はこのお酒を楽しむ。やたら高くて、デカくて、ジューシーなシンガポールスリングを。

翌朝、目が覚めたら午後2時だった。シンガポールへの移動の疲れと、昨日の深酒でやらかしてしまったらしい。でも、面接は3時からなので、何とか間に合うだろう。どこに行くにもあまり時間がかからないのが、この狭い国シンガポールのメリットだ。35度を超える真夏の気温の中、スーツを着てブギス駅近くのホテルを出た。いつも乗ってるEWラインは5分に1本くらい来るのだが、乗り換えたNSラインは思ったよりも運行頻度が低く、駅で15分ほど待たされた。

会社は駅からちょっと遠く、iPhoneのGoogle Mapsを見ながらでもなかなかたどり着けない。観光客が絶対に来ないようなエリアで、シンガポール特有のキラキラさがまったくない地味な街並みは、それはそれで風情がある。でも、そんなことを気にしている余裕はない。汗だくで到着したのは、約束した時間の15分後だった。

ところが、先方の担当者はとても優しい人で、「こんな地域に来るのは初めてでしょうから仕方がないですよ」と笑って許してくれた。

俺はこの30分後、この笑顔を漆黒の闇にまで曇らせてしまう。

彼の俺への質問はシンプルだった。

「我が社でどのような仕事ができますか？」

「なぜ、シンガポールに就職しようと思ったのですか？」

でも、俺はこの基本的な質問にほとんど答えられなかった。

時間に遅れ、息を整える余裕もないまま、下着まで汗まみれで焦りまくってしまっていたというのもひとつの原因ではある。しかしそれ以上に、俺は何も考えていなかった。

昨晩、シンガポールスリングを早めに切り上げて、ちゃんとJob Descriptionを読んでいれば、想定される質問について少しは考えていれば……。後悔が頭をよぎった。俺は根本的に準備不足だった。

俺の中の考えを引き出そうと、手を変え品を変え、質問を繰り出してくれるのだが、その気遣いがさらに俺を焦らせて、ドツボにはめる。沈黙と焦りといらだちが目まぐるしく入れ替わる辛い空気。それを断ち切るためにか、現地人マネージャーが部屋に入ってきた。彼女による英語チェックを受けたのだが、頭が真っ白で何も覚えていない。完全に失格だ。

翌日、エージェントからの電話で、面接に落ちたことを知った。同時に「現在の状況では、これ以上案件をご紹介することはできません」と戦力外通告を受けてしまった。

当然の結果だ。志望動機も説明できなければ、英語も話せない。そんなヤツを雇う会社なんてあるはずがない。

ふと気づけば、俺は日本の会社を辞めてしまったただのニートだ。収入はまるでない。会社を辞めてから今日まで勢いだけで突っ走ってきたから気づかなかったが、今の自分の立場を改めて認識すると、急に不安が襲ってきた。

このまま就職できなかったら、このまま収入がなかったら、このままダメ人間から脱却できなかったら、俺は生きていけないんじゃないんだろうか？

不安に苛《さいな》まれながら、ホテルの天井を見つめ続けた。２日間、俺は狭い部屋から一歩も外に出ずに過ごした。

3　フィリピンでの英語修行

失意の夜から2日後、自分の腹が鳴る音で目が覚めた。

その間部屋で食べたのは、フロントで買ったプリングルズとスニッカーズだけだ。いかん。こんなものばっかり食べていたら倒れてしまう。

食欲がないときはやっぱり日本食だろう。とりあえず、旨いものを食べれば元気になるはずだ。

俺は、ネットで調べて、日本でもよく行くお好み焼き屋「ぼてぢゅう」のシンガポール店に行くことにした。同じショッピングモールに入っているサイゼリヤも検討したが、シンガポールでミラノ風ドリアを食べるのもどうかと思ったので、ぼてぢゅうに決めたというわけだ。

鉄板で焦げるソースの匂いが香ばしく、ふっくらした生地とシャキシャキしたキャベツの食感がたまらない。食べ物は、こんな俺でも救ってくれる。ビバ！日本食。

このショッピングモールには、いろんな日本の店が入っている。定食屋、ラーメン屋、沖縄料理屋、メガネのパリミキなんてのも。ミラノ風だったりパリミキだったり、インターナショナルですばらしい。さらに、明治屋という日本のスーパーもある。東京にある大型スーパーと変わらない品揃えだ。たしか、新宿にも同じ看板のスーパーがあった気がするから、その支店かな。ハッピーターンなんかも売ってるのか。すげえな。

さらに、紀伊國屋書店まであるじゃないか。日本ではめったに本屋なんか行かない俺だが、せっかくなのでのぞいてみることにした。

中に入ると、これまた品揃えがスゴい。普通に新刊の漫画や今月号の雑誌も売っているレベル。『ジャンプ』や『マガジン』はもちろん、『週刊プレイボーイ』や『ガンダムエース』まで。こりゃ、本に関しても困ることはなさそうだ。

ちょっとウロウロしていると、気になる本を見かけた。アジア転職の本だった。

そのとき、熱々のお好み焼きで腹を満たして一瞬忘れていた、あの悪夢の面接がフラッシュバックしてきた。血の気が引いて、身体の内側から寒気が襲ってくる。

と同時に、面接の事前準備を怠ったことも思い出して、さらにひどく落ち込んだ。もう二度と同じ失敗はしたくない。そう心に誓った俺は、偶然目にしたこの本を手に、迷わずレジへ向かった。値段は定価の倍近くしたけど、すがるような思いの今の俺にとっては、値段なんて関係ない。

ホテルの部屋に戻ってから、夢中で読んだ。この本には、俺がやるべきだったことがすべて書いてあった。なぜその国で働くか、よく考えること。それを文章化して、英語で話せるようにすること。なんでそんな基本的なことをしてなかったのか、自分でもよくわからない。勢いだけでここまで来ちゃったというのが事実だ。

ＩＴ作業員のような仕事だったとはいえ、俺はデザイナーだ。アウトプットとしてビジュアルで表現するのが本来の仕事だ。ディレクターからの指示はメールなどの文章であっても、できる限り会って感覚で相手の意図を探ってきた。一方、俺は言葉で伝えるよりも、感じたものを実際にデザインに起こして、サンプルを見せることでディレクターに自分の意図を伝えてきた。伝わっていたかどうかはわからないが、「ただの作業員じゃない」という俺なりのアピールだった。

ウェブデザインの世界、それも小さな中小企業の中ではそれでよかった。しかし、開かれたビジネスの世界はそれでは通用しない。ましてや、日本語が通じない海外ビジネスではなおさらだ。

自分の考えをしっかりと言葉にしなくてはビジネスのスタート地点にさえ立てない。ここシンガポールではそれを英語で伝える必要がある。

海外就職の本にはご丁寧なことに、英語の学習法まで書いてあった。俺は全然知らなかったのだが、フィリピン英語留学なんてものがあるらしい。

アメリカの植民地だったフィリピンには英語ができる現地人がたくさんいる。彼らはハリウッド映画を普通に字幕なしで観ている。しかし、彼らの賃金は月給で1～3万円程度だ。この辺を考慮して、昔からアメリカのコールセンターとかがフィリピンにたくさんあったのだが、英語偏重教育をしている韓国がフィリピン人に英語を教わる語学学校をたくさん作ったらしい。最近は日本人が経営する学校も増えてきたみたいだ。

まあ、俺みたいな英語弱者には、ネイティブではない、フィリピン英語で十分だろう。そもそも、シンガポールの人たちだって、素人の俺が聞いてもわかるくらい滅茶苦茶な発音をしている。キレイな英語なんて求められていない。っていうか、俺はなりふり構っている場合じゃない。

実際に、かかる学費も、宿泊費、食費、ビザ代まで全部込みで、月額十数万円程度。これなら、俺も行けるぞ。っていうか、行くしかないだろう。さっそくこの本に載っている学校にメールを送ってみた。こういう勢いだけは、まだ俺に残っているみたいだ。

でも、今回の面接の失敗で、勢いだけでやることの限界もよくわかった。ここからは「溜め」の期間に入らなくてはいけない。自分の思いを日本語と英語に変換できるようになるための大切な期間だ。

俺はフィリピン英語留学を決意した。ネットで、シンガポールからフィリピンのセブ島行きのチケットを手配。たったの1万2千円だった。無課にも片道航空券でシンガポールに来たのが、ここで役に立った。


フィリピンには3カ月滞在することにした。英語学校の校長が、最低限の英語力、すなわちTOEIC600点以上のレベルになるには最低3カ月は必要だと言ったからだ。

この学校はちょっと変わっていて、学習カリキュラムの中に「義務自習」というものがある。先生とのレッスン以外に、個室で黙々と英語教材を自習するよう強制されるのだ。俺みたいな英語ド素人の場合、1日2時間のマンツーマンレッスン、1時間のグループレッスンと5時間の義務自習が課せられる。

せっかく講師の人件費が安く、マンツーマンレッスンができるのが売りのフィリピンで、1日5時間もの自習って意味があるのだろうか……と思ったが、校長が言うには、詰め込みで文法を覚えないと伸びないという話だった。

六本木界隈で夜遊びしている悪友たちのなかには、文法が適当でも英語を話している人はたくさんいるので、必ずしもそれが正しいとは思わなかったが、俺がやりたいことは六本木でのナンパではない。ここは素直に従うことにした。

実際、この学校の学習ルームでは独房のような小さなブースに生徒が入り、半分はフィリピン人講師との授業を、半分は黙々と自習をしている。「楽しい」という言葉からはほど遠いが、みんなかなり真剣だ。

デザイナーである俺は今まで、言葉で説明したら負けだと思っていた。

良質な映画は、そこに込められたメッセージや描かれる物語を言葉で説明することなく、役者の演技や映像の強度、つまり映画全体の世界観で観る者の感情や価値観を揺るがすように思う。同じように、良質なデザインは意図を言葉で説明するのではなく、見る人が一発でわかるよう視覚を通じてメッセージを伝えるものであったり、使ってみて一発で心地よいと感じるものであったりするべきだと思ってきた。

だから、英語の文法を学問っぽく勉強するのをちょっとカッコ悪いことのように思っていたのだ。

しかし、最初に課せられた「瞬間英作文」という、中学校レベルの文章を暗記し、即座に言えるようになるまで続けるという勉強をしていると、会社に入って最初にやったことを思い出した。先輩が作ったデザインのマネだ。

入社後の研修では、デザインの修正やCSSの変更をやらされたし、新人の頃は、先輩が作ったデザインの細かな修正をやらされた。同時に、先輩のデザインのどこがすごいかを確認するために、マネをしまくった。

今やっているこの退屈な暗記は、まさにあのとき、俺がやっていたことと同じかもしれない。デザインには、感性に訴えるための「定石《じょうせき》」のようなものがあるというふうに俺は習った。形や色の使い方、書体の選定に、レイアウトの仕方。最低限守るべき「定石」を覚えてから、「個性」の発揮が始まる。そういえば、部長に無理矢理に読まされた本にこんなことが書いてあった。

日本の茶道や武道における「守《しゅ》・破《は》・離《り》」の考え方だそうだ。

・守　⇓　師についてその流儀を習い、その流儀を守って励む。
・破　⇓　師の流儀を極めた後に他流をも研究する。
・離　⇓　自己の研究を集大成し、独自の境地を拓いて一流を編み出す。

（杉山重利編著『武道論十五講』不昧堂出版、2002年）

入社3年目のときに教育した新人が最初に作った「個性的」なデザインは、とても見れたものじゃなかった。たぶん俺も同じようなものだっただろう。

まずは定石を知り、それを知ったうえで「他の定石」へと視野を広げる。様々な定石を知ったら、最終的にはそこから離れ、独自の方法論を確立していく。それが「個性」なのだ。

そういえば先輩の中澤にも、「お前も、自分の作ったデザインの魅力を言葉で説明できるようになったら、一人前になれるんだけどな」と言われていた。実際、彼はクライアントに、そのデザインの魅力を丁寧に言葉で説明していた。なぜここはこの色なのか、この大きさなのか、このフォントなのか。それができてはじめて、「守」をクリアだよな。俺はまだできなかったけど。

そんな説明をしなくても給料をもらえたのは、彼が代わりにそれをやってくれていたからに他ならない。人をこき使いまくるちっぽけな中小企業だけど、俺はあの会社に食わせてもらってたんだなあ、ということに今さらながら気がついた。

セブ島の英語学校は汚い都会の真ん中にあった。セブ島というとたいていは南国リゾートを思い浮かべるのだろうが、セブシティはただの都会だ。リゾートまではタクシーで1時間近くかかる。

俺はリゾートには行かないことにした。今までは、美しいものを見る、新しい経験をするというのは、デザイナーとして大切なことだと思っていたから、誘われたらできる限り足を運ぶことにしていた。

でも今は、孤独になることが大切な気がする。リゾートの楽しさを覚えて遊んでしまっては意味がない。3カ月間はひたすら閉じ込もることにした。

学校は、三食寝床付きなので、外に出なければ本気で1ペソも使わなくて済む。俺は、お金を使わないでどこまでやれるかチャレンジしてみることにした。

狭いブースの中で「義務自習」したり、フィリピン人講師と発音矯正《きょうせい》レッスンをしたりするだけの生活の中で、多くの人に意見を伝える唯一の機会が「1分間スピーチ」だ。お題にしたがって作文をし、講師に直してもらいながらスピーチの練習。週末に20~30人の全生徒の前で発表をするのだ。

このスピーチの中で、俺は自分の思いを言語化することにした。

最初はぼんやりしていた思考が、何度も文章にすることによってハッキリしてくる。日本語ではなく英語だったのもよかったのかもしれない。余計な修飾語を知らないので、話がとてもシンプルにまとまる。それは、いろんな意識がごっちゃになっている自分の脳から、本当に大切なことだけを紡ぎ出すような作業だった。

たどり着いた俺の思いとは、こんなことだ。

世界中のユーザーに向けて、デザインを通して、クライアントのメッセージを代弁するのが俺の仕事だ。その仕事をするためなら働く国はどこでもいい。シンガポールでも、フィリピンでも、日本でも。

だけど、自分はまだ言葉の面でもデザインの面でも未熟だ。フィリピンでは、英語に関しては最低限、自分がしたいこと、人にしてほしいことを伝えられるレベルまで持っていきたい。そして、自分のデザインの魅力を言葉で説明できるようになりたい。そうやって身につけたデザインのセンスやスキルで、多種多様な国籍、宗教、文化の人たちとコミュニケーションできるようになりたいのだ。

こんなことを毎週スピーチで伝えていたら、同じく海外で働きたい人たちとキャリア論について話が盛り上がった。この学校には、これからアメリカでスタートアップに参加する女性や、インドネシアで働き始める男性など、いろんな人が参加している。それぞれが、それぞれの哲学を持って海外就職を目指している。いい環境だ。

この学校では、土曜日の午前中まで授業がある。その授業のひとつがスピーチだ。土曜の午後と日曜日は休み。

でも俺はいっさい遊ばず、徹底的に英語の習得に励み、それに加えて「海外でのウェブデザイナーの仕事」を調べることにも時間を使うことにした。日本語で情報提供をしてくれる日系の人材会社はもちろん、英語で求人をしている人材会社から個別の会社まで事細かく情報に目を通した。

調べてみると、予想外にたくさんの会社に求人があった。

イタリアやフランスの超有名ブランドも普通に募集をかけている。ヨーロッパのデザイン会社は有償インターンといって、1年間働き、そこでデザイナーの資質を認められたら正社員として雇用される仕組みをとっているところもあるらしい。そんな方法もあるのか……といっても、俺には有償とはいえ1年間もインターンやってるほどの資金的な余裕はない。

そんな中、現在イタリアのファッションブランドでインターンをしている長友さんという人とTwitterを通じて知り合い、Skypeで話をさせてもらった。

彼いわく、「海外では、インターンとはいえども、与えられた課題に対して結果を求められる。そして、何もしなければ誰も何も手伝ってくれない。でも、自分から積極的に話しかければ、周りの人にも動いてもらえる。会社の先輩たちはすごいスキルを持っているから、ついていくのがやっと。でも、厳しい環境で揉《も》まれることは、必ず将来の役に立つはずだ。まずは1年間、イタリアでのインターンをサバイブしたい」とのことだった。

Skypeでの話し方がとてもしっかりしているので年上だと思っていたが、Facebookのプロフィールを見たら3つも年下だった。でも、年齢なんて関係ない。優秀な人は優秀だし、ダメな人はダメ。俺も一緒だ。年功序列が当たり前の日本と違って、すべては自分次第だ。

セブ島での英語漬けの3カ月を経て、俺の英語力は飛躍的に上がっていた。

もともとが低かったので、まだ「英語が話せる」と言うにはおこがましいが、TOEICの点数も650点に達した。海外の日系企業で雇ってもらえる最低レベルまでには行っていると思う。実際、人材エージェントとのSkype面談で話をしても、「英語力は、一般的な企業であれば問題ないですね」と言われた。

3カ月間地道に積み上げてきたものが、形になって現れるのは素直にうれしい。そこで俺は、ネットで見つけた興味深い会社のウェブデザイナーの求人に応募し、すぐさま現地に飛んだ。

すると、2日で内定が出た。

マレーシアにある、フランスのネットマーケティング企業だった。業務はウェブデザイン。

俺の生活は、マレーシアの首都、クアラルンプールに舞台を移すことになった。

4　クアラルンプールでのお別れ会

「ニイハオ」「アニョハセヨ」「オハヨゴザイマス」

このオフィスに入るときにみんながする挨拶だ。

クアラルンプールのオフィスに来て6カ月。この多国籍チームでの仕事にもすっかり慣れてきた。

俺が働いているのは、フランス企業のクアラルンプール支社。親会社はウェブサイトをはじめとするネット関係のマーケティングを行う企業だ。顧客はヨーロッパ企業全般。ファッションブランドを中心に、自動車や家電、ごくまれに芸能事務所なんかの仕事も受ける。

多くのクライアントがグローバル展開しており、ヨーロッパ、アメリカだけでなく、アジア全域にも展開している。俺たちの仕事は、本社で作成したウェブページなどをアジア向けに翻訳したり、デザインの微調整をしたりする仕事だ。

俺たちのチームは、東アジア人で構成されていて、日本、韓国、中国、香港それぞれの出身者が、それぞれ自国向けのウェブのカスタマイズを担当している。その中で日本担当は3人。他の国も同じ人数だが、中国だけは複数言語対応（北京語と広東語）なので、5人だ。

ちなみに、俺たちの隣は、シンガポール、マレーシア、台湾のチーム。先日、社長が「Coming Soon!」と言って、タイとインドネシアの国旗を持ってきたので、今年中にこの2カ国を担当するデザイナーも雇われるんだろう。

実際、顧客企業のアジア各国での売上はすごい勢いで増えているようだ。

俺たちが扱っているクライアントは、日本円で一点数万円から数百万円するようなラグジュアリーブランドがほとんど。時計、バッグ、宝石、車……様々な商品を取り扱っている。このレベルの嗜好品の売上は、中国が圧倒的だ。辛《かろ》うじてその次に日本が来ているが、売上は徐々に減っている。

その代わりに猛烈な勢いで伸びているのが、シンガポールと香港。人口500万人程度の国とは思えない売上を叩き出している。このまま行くと、日本での売上は3年以内にこの2カ国に抜かれるだろう。日産の高級車ブランド「インフィニティ」が、本社を香港に移したのもよくわかる。金持ち向けに物を売るなら、香港から中国へのルートが王道だ。業界の中に入ってみると本当によくわかる。

始業時間の午前10時30分、俺の仕事はメールチェックから始まる。フランス本社との打ち合わせが多く、少しでもフランスと就業時間を合わせるために、10時30分スタート、午後8時終了という勤務時間になっているのだ。日本の会社だったら、正午スタート深夜勤務という無茶をやらせそうだが、さすがフランス企業。従業員の人権に配慮している。

「李さん！　コレどうなってるの？」

フランスのトルシエさんからのメールに思わず日本語で声が出てしまった。

この会社の社内公用語は英語なのだが、中国人の李さんだけは、流暢《りゅうちょう》な日本語をしゃべってくれるので、こっちもついうっかり日本語で話をしてしまう。彼には新宿歌舞伎町で働いていたという過去があるらしいのだが、真相は藪《やぶ》の中だ。

「ここは、私の仕事じゃないアルヨ」

予想通り、いつもの返事が返ってきた。これはもう想定の範囲内だ。

李さんが漫画に出てくるような怪しい日本語を使うのはわざとである。彼は、正式な会議ではしっかりとした敬語を使う。変な日本語をしゃべり、「アニメに出てくる中国人のマネでーす」なんて言えるくらいの日本語力がある。ちなみに彼は、北京語、広東語、英語、日本語、マレーシア語ができる語学の達人だ。

そんな超人の李さんでも、俺たちより給料は安い。日本人の先輩の高原さんが教えてくれたのだが、この会社では、ベースとなる賃金は出身国ごとに違っている。

国民の平均年収が高い日本人は、欧米と共に最高ランク。シンガポール、香港などが中級で、中国はマレーシアなどと共に最低ランクの給料だ。自分たち以外の賃金体系に関しては知らされてないが、おそらく俺は、能力的には同じかそれ以上の中国人スタッフの、倍以上の給料をもらっている。

この状況には不合理を感じるが、それによって俺が恩恵を受けていることも確かだ。日本人に生まれたことを感謝しなくてはならない。

話が逸れた。そんな李さんだけど、仕事をしていてなんだかなあと思うことはしょっちゅうある。

今回の、フランス本社からの要請もそのひとつ。

俺は昨日、ウェブページのバグを見つけたのだが、その根本原因は中国語ページの設定だった。そこで、俺が李さんに「バグがあるから直しておいて！」と依頼したのが午前11時。李さんは「あいよ！」と景気よく受け入れてくれた。

しかし今朝、フランス本社のトルシエさんから来たメールには、そのバグが直っていない旨が書かれていた。コードを見てみたら、中国語のページはしっかり直っているが、日本語のページにはきっちりバグが残っている。

中国語のページを直すついでに、日本語のコードも2行修正すればいいだけなのだが、ここではそれは通じない。

一般的な欧米企業では仕事の範囲は明確で、李さんは中国語のページを、俺は日本語のページを直すのがミッションである。それ以外の仕事をするのは越権行為にあたると言われている。ただ、うちの会社はそれほど厳格に守備範囲を限定しているわけではないので、この程度のことなら気軽にお願いすることはできる。最初に依頼するときに「ここにバグがあるから直しておいてください。中国語の修正を日本語版に適用すればすべてのウェブサイトで修正が完了するので、明日までにそこまでやっておいてください」と、期日も含め依頼内容を明確に伝えていればよかったのだ。

これが日本流と、フランス流の違いなんだろうか。日本にいるときは、デザイナー同士の会話なんて本当にテキトーだった。

「そんな感じで。あともお願い」

「了解」

みたいな、英語に訳せないような曖昧な会話だけで仕事が進んでいた。それで仕事が進んでしまうのが日本のすごいところだ。しかし、仕様書も何もない中、そんな漠然としたやりとりでウェブページを作ってしまうので、問題が起こると、作った本人以外中身がどうなっているかわからない。担当者が休暇なんかを取っていたら大変な事態になる。

その点、今の会社は、修正を行う際も何をやったかを明確にし、その内容は書類に記され、その都度チームメンバーに共有される。誰が何をやるか一目瞭然となっており、その成果物の内容もすべて記録されているので、誰かが休みになっても他の社員が「何を、どのように」フォローすればいいいか、すぐにわかるようになっている。

こういう体制を敷いているからこそ、年間の有給休暇の取得がすべて可能で、誰かが休んでいても業務上問題になることはほぼない。ヨーロッパ人が夏休みやクリスマス休暇を取れるのは、こういう仕組みがしっかりできていることも理由のひとつなのだとわかった。日本流が最も欠いている視点だと思う。

デザインのやり方自体は大差ない。しかし、意思決定の仕組みは全然違う。前の会社では、俺が作ったデザインを、ディレクターが確認し、課長が確認し、最終的に部長が確認した。3

度の承認を得ないと表には出ない。その度に、ディレクターはデザインの特性を社内で何十分もかけて説明する。俺たちの仕事量は膨大になり、日々顔色が悪くなっていく。

しかし、ここでは各個人が責任を持っているので、「承認」という行為はない。大方の案件は、ミスがないかを同僚と確認するだけだ。非常にやりやすくスピーディーな反面、何か問題があったらすべて俺の責任となる。

おかげで仕事の総量は減るが、仕事の緊張感は増す。短い時間にぎゅっと絞って仕事をする。これが「グローバル流」なんだか「この会社流」なんだかよくわからないが、このメリハリが効いた仕事のスタイルが大好きだ。

そんなバグの修正やら、新しいウェブサイトのデザイン設計やらをしていると、午後1時のランチタイムになった。

「今日は、中村さんのお別れ会だな。韓国レストランを予約しといたぞ」

日本チームの高原さんが声をかけてくれた。

この会社は、さすがはフランス企業、昼休みが1時間半もある。

そのせいか、こんなお別れ会も、夜ではなくランチタイムに行われる。会社の飲み会が夜にあったことは、クリスマスパーティの一度だけだ。

もちろん、高原さんや李さんなど、他のメンバーと個人的に飲みに行くことはある。それでも、2時間も3時間もだらだらと飲むことは少なく、1時間以内にぱっと終わることが多い。コレがフランス流なのかなんなのかはよくわからない。ちなみに、クラブ好きのメンバーは、一度家に帰ってから夜遅くまで踊っているらしいが、俺は別に踊るのが好きではないのと、家に帰って英語の勉強をしなくてはいけないのとで、夜の時間が確保される今の環境はかなりありがたい。

先月は納品間近で忙しかったから毎日2時間くらいの残業だったが、通常は1時間も残業しない。1日の労働時間は8~9時間がほとんど。そのおかげで、フィリピン英語留学後も毎日継続して行っている、フィリピンオンライン英語学校の授業も、予習⇒授業⇒復習のサイクルを続けることができている。

そのせいか、英語力は格段に上がっていると思う。クアラルンプールではTOEICなんて誰も知らないので受ける必要はないが、この前模擬試験の問題を見て、「こんな簡単だったたっけ?」と驚いたものだ。まさか、1年足らずでこんなに変わるとは。

中村さんを中心に、多国籍メンバーがわさわさと韓国レストランに入っていく。

クアラルンプールは、色とりどりの国籍の人が集まるメトロポリタン。マレー料理、中華料理、イタリアン、フレンチ、インド料理、韓国料理、日本料理、世界中のありとあらゆる食の店が軒を連ねている。うちの会社とおんなじだ。

うちの職場には出張者も含め様々な国の社員がいるので、おすすめの料理屋に行くと本場に近い味が楽しめる。そんなことも、グローバル企業に勤めたからこその大きなメリットだ。

この店も、韓国人スタッフの3人が激推しする店だけあって、焼き肉が旨《うま》い。キムチは俺には辛すぎるのだけど。

「私は、香港で新しいチャンスを見つけました。ここで得た技術を使って、香港で成功したいと思います！」

中村さんの、ややたどたどしい英語での挨拶に対し、みんなは盛大な拍手を送っている。とくにマレーシア人スタッフがやたら陽気だ。

中村さんの英語力は、この会社の中で最低レベルだ。ただその英語の下手さは、それほど業務に影響を及ぼしていない。

本社のフランス人とテレビ会議をするときも、「英語で話すのは大変だけど、まあ、頑張ってディスカッションしようぜ」とお互いを励まし合いながら会議に臨む。アメリカ人社員が出張でやってきた際には、本気のスピードで（彼にとっては普通のスピードで）会話が始まったために、俺やマレーシア人スタッフがまったく聞き取れず、業務が滞った。だから翌日から、そのアメリカ人は異常にゆっくりとしゃべるようになった。

この会社には英語ネイティブが少ないこともあり、言葉に関してはできるだけシンプルに話そうということが明文化されている。アメリカ人にしか伝わらないスラング英語はそれだけで「悪」なのだ（さすがフランス企業だけのことはある）。

別に、下手くそなことに開き直っているわけではなく、英語のうまさを競っても何の意味もないことを理解しているから、合理的にこのような方針になっているのだ。英語が下手くそな俺が、こんな会社に入れたのはすごくラッキーだったし、だからこそ、その環境に甘えないよう毎日しっかり勉強しているつもり。

中村さんのお別れのスピーチは続いた。

「この会社に入って1年半。非常に長い時間、素晴らしい仲間とビジネスできて本当に光栄でした」

マレーシアでの1年半が「非常に長い時間」なのか……と思うと、日本人の俺にとっては衝撃的だ。日本では、若者が「たったの3年」で会社を辞めることが問題になっているというのに。

実際、この国では人がポンポン転職していく。そして、転職にかかる期間も短い。日本だと転職を上司に告げるのが退職3カ月前なんてのもざらだけど、こっちでは1カ月前に言って、さくっと辞める。中村さんが辞めることを知ったのも先週のことだった。

仕事が終わった後、新しい会社の給料をこっそり聞いたら、今の会社の1・5倍以上だという。国をまたぐとはいえ、そこまでジャンプアップするとは、恐ろしい。

「香港は家賃が高いからね」と彼は言っていたが、その笑顔は見事な「ドヤ顔」だった。この会社は、世界の有名ブランドのマーケティングを行っているから、ここで実績を残せば世界の業界関係者の目に留まることになる。中村さんはきっと香港の誰かの目に留まり、引き抜かれたんだろう。俺も、彼みたいになれるよう実績を残さなくてはならない。

とはいえ、今の待遇に不満があるかといえば、そんなことはまったくない。

給料は月給で25万円ほどもらっている。源泉徴収はないので、手元にまるまる給料が入ってくるのがちょっとうれしい（年末にまとめて徴収されるんだけど）。車も支給されているし、物価は東京の半分以下だ。家賃は5万円もしないし、ボーナスもしっかり出る。ちなみに、ジャカルタでは運転手付きの車が支給されるそうだが、クアラルンプールでは自分で運転することがほとんどだ。

この街の中心部にはキチンとした地下鉄が走っているのだが、郊外に出ると、電車が30分に1本くらいしか走ってない。会社がそんなところにあるため、自家用車がないのはちょっと辛い。日本で運転してなかったので最初はドキドキしたもんだが、2週間くらいですぐ慣れた。

運転だけじゃなく、英語での仕事も、異国での生活も同じようなものだ。最初はぎこちなかったけど、慣れてしまえば大したことはない。まあ、戦場に行くわけではないし、そこには豊かに生活している人が何百万人もいる大都会なんで、当たり前っちゃー当たり前なんだけど。

中村さんのお別れ会は、酒も入ってないのに大騒ぎになり、なぜか俺はコチュジャンで真っ赤になった激辛のビビンバをモリモリ食わされて、腹の中が煮え盛っている。でも、そんな陽気な職場が楽しくてしょうがない。

仕事では、英語での意思疎通がまだまだうまくいかず、思いっきり間違ったものを納品してしまったり、フランスのサマータイムのことを忘れてテレビ会議をすっ飛ばしたり、李さんと話すノリで日本人のクライアントと話してしまい、先方を唖然《あぜん》とさせたり、失敗談には事欠かない。

でもそんな経験は、日本国内で日本人とだけ仕事をしていたら、絶対できなかった。今はそうしたギャップを肌で感じ、次第に対応できる自分になっていくのがうれしくてしょうがない。日本にいた頃は、俺なりに真面目な社畜生活をしてきた。ディレクターに言われた通りのことを粛々《しゅくしゅく》と作業してきたのだ。「守・破・離」の「守」の部分だ。

ここクアラルンプールでは、日本で覚えたデザインの基礎とソフトの使い方をふまえて、このフランス企業の仕事の仕方を学び始めた。同僚との仕事の切り分け方、コミュニケーションの取り方。日本とはまるで違う仕事の仕方を一から習得している。

日本で学んだ「守」を経て、こちらの「破」に入って半年。日本流のいいところも悪いところも半々くらい見えてきている。もちろん、この会社のいいところも悪いところも理解してきた。たぶん、日本の「守」の中だけにいたら、このことには気づかなかっただろう。

振り返ってみると、日本で会社を辞めたのは無謀だったし、シンガポールに面接に行ったのなんて狂気の沙汰だ。「意識高い系」を通り越して、ただのバカだったと自分でも思う。でも、そんなバカなことをやって、壁にぶつかって、初めて気づけたこともある。

お別れ会が終わり、オフィスに戻ってきた。

今日は、中田さんが初めてマレーシアオフィスに来る日だ。日本人でありながら、この会社でウェブデザイナーとして本社登用され、現在はスペインでシニアマネージャーをやっている。俺のキャリアパスの理想の姿だ。彼に無理を言って、夜ご飯を一緒する約束を取りつけた。

定時の午後8時に仕事を上がり、中田さんと行きつけの日本食レストランに行く。ここのお好み焼きは絶品だ。マレーシア人のバイトが作るシンガポールスリングは、薄くて甘ったるいけど。

「スペインには旨い日本食が少なくてねえ……でも、アジアはすげえな」と、中田さんも料理に満足してくれている。

「今回はなんでマレーシアに来たんですか?」

「実はな、マレーシアの業務が拡大するから、この支社の副支社長を任されることになりそうなんだ」

最近のラグジュアリーブランドの展開はアジアに集中しているらしい。その範囲は、高所得者が多いシンガポールや香港、人口が多い中国だけでなく、ここマレーシアやタイ、インドネシアにも広がっているそうだ。

「だから、うちの会社もインドネシア人やタイ人を雇って、現地語のカスタマイズにも対応できるようにしたいんだよ。俺はクアラルンプールを拠点に、バンコクやジャカルタの現状を確認し、現地の優秀なデザイナーを雇う仕事をする」

「それって、日本人がやるべき仕事なんですか？」

俺は、日本語が話せて、日本人向けのウェブサイトを作ることができるからこの仕事をしている。しかし、中田さんがこれからやろうとしている仕事は、日本人である必要がどこにもない。本社のフランス人がやればいいような気がしてならないのだ。

「日本人がやる必要は全然ないね。本田君、来年うちの社長が変わるんだけど、候補者がどこの国の人か知ってるかい？」

「え……？」

中田さんによれば、スイス人と、インド人と、アルメニア人がその座を争っているということだ。スイスはともかく、インド人とは……。そして、俺はアルメニアという国がどこにあるかも知らない。

「もうね、国籍とか全然関係ないんだよ。会社が求めるパフォーマンスを発揮できる人材がポジションにつけるんだ。シンプルだろ？　今は、国籍ごとに変えてる給与体系も、今年中に廃止する。バカバカしいじゃないか。生まれた国によって待遇が違うなんて」

この話を聞いていると、同じ日本に生まれて、同じような仕事をしているのに、待遇がまったく違う正規雇用と非正規雇用の違いがアホらしく思えてくる。

同時に、日本に生まれた日本人だからという理由だけで、月給20万円くらいもらえるっていうシステムも、どこかのタイミングであっという間に崩れるだろうなって思えてくる。

「本田君はまだ、日本向けローカライズをしている状態だから、海外で日本ローカルの仕事をしている段階だ。俺も3年前まではそうだった。でも、きちんと結果を出していれば、海外で『日本人として』ではなく『国籍に関係ないビジネスパーソンとして』仕事ができるようになる。俺は、そんな仕事を任されるようになって、仕事が面白くてしょうがなくなった。国籍を意識しなくなると、自分ができることは圧倒的に多くなるからね」

この人は、さっき引き合いに出した「守・破・離」の「離」に達している人だと思った。「日本流」を覚え、「グローバル流」を体得し、自分のやり方で世界を股にかけて仕事をしている。俺が目指す姿はここだ。

最後に俺は、中田さんにわざと余計なことを訊いてみた。

「でも、国籍関係なく働くって、怖くないですか?」

「地球は友達。怖くないよ」

日本の漫画で読んだことがあるような台詞《せりふ》が返ってきた。きっと彼の中には日本文化がまだ色濃く残っているんだ。こういう人がどんどん外に出て行くことが、日本文化を広げるひとつの方法だと思った。そして、俺もそうなりたい。

夢中になって話していたら、ただでさえ薄いシンガポールスリングが溶けた氷と混じって、なんだかわからない飲み物になっていた。

セカ就　ワンポイントアドバイス　その4

英語の点数よりもコミュニケーション能力

セカ就をするのに、切っても切れない問題が「言語」です。

中国の大連やタイのバンコクで、日本人が作った日本人向けのコールセンターに勤務するような場合を除いて、ほぼすべての業務で外国人と仕事をすることになりますし、そこで日本語が通じることは稀《まれ》です。大なり小なり、英語もしくは現地語を覚えることが必要です。

必要な英語力は職種により異なりますが、シンガポールや香港では社内公用語が英語のため、高い英語力が求められます。現地スタッフも英語が堪能です。

一方、インドネシアやマレーシアでは、それほど高いものは求められません。むしろ、英語が苦手なスタッフが多いため、ネイティブの流暢《りゅうちょう》な英語は嫌われることすらあります。

とはいえ、意思疎通はできなくてはならないので、多くの企業は「TOEICで言えば600点以上は……」と言ってくることが多いです。

この場合、点数そのものというよりも、「流暢ではなくても、他のスタッフが言っていることを理解し、自分がお願いしたいことを伝えられるレベル」を求めていると考えてもらって結構です。

点数よりも、コミュニケーション能力が必要なのです。ただ、コミュニケーション能力がある人は、TOEICの点数も自然と600点くらいは超えていると思います。

このレベルに達していない人は、フィリピン留学がおすすめです。短期集中で英語を学ぶためには、周囲に娯楽や誘惑の少ないフィリピンの英語教室に籠《こ》もり、英語漬けになるのが一番です。料金も月に十数万円しかかかりません。

セカ就をする際、アジアのどこの国でも、日本人に来る求人の8〜9割は日系企業のものです。しかし、本章で登場したウェブデザイナーの本田さんのように特殊な技能を持っている人には、アジアのローカル企業や欧米企業からのオファーが来る場合もあります。

その場合、本田さんのように自分で英語のサイトを探して、応募することも可能です。企業のウェブサイトの求人欄から直接応募することもできますし、「Job Web」や「Job Street」といった海外の求人サイトに登録することも有効です。ビジネス向けのSNS「LinkedIn」に登録しておくと、オファーのメッセージが来ることもあります。

そこには、プロジェクトマネージャーや金融のトレーダーなど、人材を国籍と関係なしに募集をしている案件もありますし、日本向けのローカライズ業務や日本企業担当営業などの日本語を使う仕事、レストランの日本食担当シェフやアジア人向けの美容師など、日本人特有の技術を期待されているものも多数あります。

ただし、仕事では日本語を使う機会が多くても、社内での言語はすべて英語（もしくは現地語）ですので、苦労することもたくさんあると思います。

しかし、日本文化とは違った環境の中で仕事の経験もできますし、一般的に日本企業よりも労働環境が良い場合が多いので、挑戦しがいのある職場であることは確かです。

海外では、転職は日本よりも一般的なことであり、転職することで基本的にはキャリアアップしていきます。給料の額は、年齢や勤続年数とは関係なく「何ができるか」を基準にフェアに判断されます。重要な仕事を任される人は、途上国でも年収1000万円以上のオファーが来る場合もあるのです。

たとえば、最初のセカ就では海外の日系企業に入り、現地の生活に慣れながら、ローカルスタッフとの仕事の仕方を覚え、現地語を学び、その後、欧米企業やローカル企業に転職する、というキャリアデザインは非常に有効です。

本章の中田さんのように、そのまま欧米本社の役員に抜擢《ばってき》されることも夢ではないので、野心のある人はぜひ挑戦してみてください！

第5章
超大手企業からの香港就職
37歳・職歴12年 小宮山剛史の場合

1　ニッポンの絶望工場

「生きるべきか、死ぬべきか。それが問題だ」

　この「工場」を見ていると、そんなハムレットの台詞《せりふ》を思い出す。

「これは……もはや、工場とは呼べない」

呆然《ぼうぜん》と立ち尽くしている私を尻目に、先方担当者は説明を続ける。

「ここで一部製品は、最終工程と刻印を行います。最終工程をこの千葉工場でやることで、『Made in Japan』と刻印できますので……あの、小宮山さん、大丈夫ですか?」

　ふと我に返り、慌てて質問をする。

「あ、ええ……。その一部製品ってどんな製品なんですか?」

「中国で販売するおもちゃです。中国では、Made in Japanブランドが価値を持ってますんで。これだけで、定価が3割も上がるんですよ」

　なるほど。と、無理矢理笑顔を作って相づちを打つが、心は淀んでいる。「Made in Japan」と刻印するためには、最終工程が「主要な工程」でなくてはならないはずだが、ここはどうなんだろう。まあグレーゾーンだとは思うが、今回の納品物とは直接関係ないから触れないでおこう。

「日本の卸しに出す製品はあの倉庫に置くのですね。在庫量の割に倉庫が小さいようですが大丈夫なんですか？」

「結構重い製品なんですが、まあ、2階の床は抜けてないからたぶん大丈夫です。デカい地震でも起こらない限り何とかなるでしょ」

起こらない限りって、起こったらどうするんだろう？と思いながらも、そこを指摘しても何も始まらないので話を進める。最近、こういう妥協が多くなってきた。

「話をまとめると、こういうことですね」

この〝千葉工場〟では、中国の工場で製造され、港に届いた製品を第一倉庫に格納する。日本国内向けに出荷する製品に関しては、翌朝、大手小売りや卸しに対して発送を行う。中国向けの製品は、中国から届いた半製品の最終工程を行い、「Made in Japan」の刻印をして、梱包。港から中国へ出荷する——。

手元のノートに、簡単な見取り図を書きながら確認をする。海から吹く風が冷たい空気を運んでくる。コートを着てこなかったのは失敗だった。もうすぐ沈みそうな夕陽を見て、今日はこの辺にして事務所に戻ることを提案した。

帰社して、ノートに書いた見取り図をPowerPointに落としていたら、ため息が出た。ここは工場じゃない。中国にある工場の製品を卸しに受け渡すだけの「物流センター」だ。しいて言えば、Made in Japanを「製造」して中国に売るブランド工場だ。中国でコピーブランドを作れば違法だが、日本は合法的に中国製品にMade in Japanをくっつける。

「小宮山さん、こういうのって普通なんですか？」

一緒にプロジェクトを回す予定の、新卒3年目の藤川君が訊いてきた。

「それは違う。12年この仕事をやってきて、こんなのは初めてだよ。まあ、いつかこういうところが出てくるとは思っていたけど」

「まあ今回は、予算3000万円もある大きなプロジェクトじゃないですか。頑張りましょうよ」

「予算3000万が大きなプロジェクトか……」

私、小宮山剛史は12年前に大学院を出てこの巨大企業の「IT部門」に入った。この会社は、パソコンや携帯電話、家電まで扱う、超大手の製造業である。

大学院で電気工学を修めたので、社内でもものづくりの現場か研究職に就くと思ったのだが、何の因果か製造業にシステムを導入する部門に配属されて以来、その仕事をずっと続けてきた。徹夜上等、土下座上等の過酷な社畜職場だったが、ITバブルと呼ばれた頃は給料もよかった。1件数億円のプロジェクトが次々と決まり、人が足りないので、若手でも次々とチームリーダーやプロジェクトマネージャーの仕事が与えられる。

あまりの過酷さに倒れる者も多いが、その分、実務経験ものすごい速さで積まれていく。その実務経験がさらに大きな仕事を連れてきて、成功すればボーナスと年収がついてくる。辛いけれど、楽しい時代だった。

潮目が変わったのは2008年のリーマンショックの頃だ。それ以前も徐々に案件が減っていることは感じていたが、この時期に一気に仕事がなくなった。

私が参加していたプロジェクトも、朝礼でいきなり、「本プロジェクトは今月末をもって無期限休止に入ります。今月中に引き継ぎ資料をまとめてください」とのアナウンスがあり、本当にその14日後にメンバー全員がプロジェクトからリリースされた。

それから3カ月間仕事はなく、周りで多くのリストラを目撃した。当時まだ若かった私は声がかからなかったが、40代の部長や課長が次々と「キャリア創成室」とかいう謎の部門に移籍させられ、知らない間に社内名簿から名前が消えていた。10年以上、会社のため、顧客のため、プロジェクトのために、慢性の不眠症や無呼吸症候群を患《わずら》いながら社畜をしてきたなれの果てが、このざまだ。

明日は我が身と思いながらもこの会社を辞める気はない。やはり、世界に名だたるこの企業にいることは私にとって誇りであり、キャリア的にもプラスのはずだ。外の世界に行くことなんて到底考えられない。

私は気を取り直して、このプロジェクトにかかる予算を算出するための作業に戻った。

その日の夜、営業の同期、古田から電話がかかってきた。

「あのプロジェクトなんだけど、予算、2000万円で出してくんない？」

営業が、現場も知らずに無理な数字を要求してくる。このプロジェクト遂行のためには、どう考えても2800万円の予算が必要だ。元は3000万円がターゲットだったはずだ。それが、2000万円って。

しかし、古田の言っていることもわかる。日系の大手IT企業同士でも値段の叩き合いはあったが、最近は大手外資企業すら値段を落としてきている。プロジェクトが減って、顧客の金がなくなり、新しい工場を日本に作ってないんだから、日本国内に製造業やＩＴ企業の仕事なんて増えるわけがない。狭い池で餌を待ちわびる鯉の群れのごとく、残り少ない仕事の取り合いになり、価格勝負、ダンピング合戦が始まっているのだ。

「２０００万円ってことは、俺と藤川君の２人で回すなら何とかなるかな」

「いや、同じ予算で、中国人エンジニアを２人入れられるだろ。そのほうが楽だと思うけど」

「藤川君は、俺が育てたいんだ。２人で何とかするから、任せてくれ」

「まあ、お前がそう言うなら、反対できるヤツはいないよ。でも、あの藤川で大丈夫なのか？　あいつ、３年目の割には……」

「大丈夫、任せとけよ。彼は彼なりに頑張ってるし、育てれば伸びる人材だよ」

自信を持って言い切ったが、実際は自信などない。まあ、ＩＴのプロジェクトなんて不確定要素だらけであり、今までも１００％成功確実なプロジェクトなんかなかったが、何とかやってきた。今回も何とかなるだろう。

隣で必死に仕事をしているふりをしながら、Facebookになにやら書き込んでいる藤川君の姿を見ると、とても不安になるが。大丈夫、きっと彼はできる子だ。そして、俺は彼を見放したりはしない。もう、これ以上部下を見放すなんて、絶対にしない。

2　崩れ落ちたプロジェクト

プロジェクトが本格的に始動して3カ月目。事態は絶望的な状況になっていた。簡単かと思われたプロジェクトには落とし穴があった。

中国で作った製品を「Made in Japan」に変える際に、製品番号の変更があるのだが、このロジックが非常に複雑なのだ。そんな些細なことはどうでもいいと思うのだが、中国側のシステムと連携が取れなくなるようだ。ならば中国側のシステムを変更すればいいと思うのだが、その交渉は日本ではできない。

何が何でも、日本側の新システムに、今まで日本で使っていたものと同等の製品番号変換機能を入れてくれということなのだ。

入れてくれと言われても、今のシステムの仕様書なんてどこにもない。超旧型の骨董品《こっとうひん》のような箱の中を分析しなくては、この仕様はわからない。ただでさえ予算ギリギリ・人員不足のこのプロジェクトが破綻するのは確実だった。

終末を悟ったとき、即座に本社に情報を上げ、応援を要請したが、ぴくりとも動かない。というのも、本社の技術者はすでに格安賃金で他のプロジェクトに売りさばいてしまっていたのだ。その額は、中堅技術者の給料よりも低い。当然大赤字だが、売上ゼロよりはましだということだろう。

会社の惨状に背筋が凍りつくが、それ以上に、今後の展開には絶望しか抱けない。

藤川君が徹夜で旧システムの解析をするかたわら、私は一人でプロジェクトを回していた。千葉の海沿いにあるこの工場の事務室は、午後7時で暖房が切れ、建て付けが悪いのかドアから冬の北風が吹き込んでくる。手元にあるアクエリアスのペットボトルが凍るんじゃないかというくらいの寒さだ。ヤバい。このままでは、このプロジェクトは倒れる。

実際、藤川君の状況は今週から明らかにおかしくなっている。目は血走って、顔色が悪く、非常にイヤな咳《せき》をしている。ときどき何を言っているかわからないような発言もするし、仕事上のミスも増えている。

あのときと、同じだ。

明日は土曜日だが、私は営業の古田と話をすることにした。

あのときと、同じ過ちを繰り返してはいけない。

土曜の夜、赤坂のバーで古田と落ち合った。オフィス街・赤坂は土日にはまったく人気が引いて、開店しているバーの数は少ない。客もほとんどいないので、落ち着いたいい雰囲気になる。

古田の顔色も悪い。彼も私と同じ37歳だが、私と違い2人の子供がいる。昨日までの激務と、土曜の昼の家族サービスで体力は限界のようだ。その点、独身の私は午後3時まで寝れた。ありがたいといえばありがたい。独身であることで人生における大切な何かを失っている気もするが……。

「お疲れみたいだから、早めに切り上げよう。お願いは、ひとつだけだ。人を追加してくれ。プロジェクトはもう限界だ」

「わかってる。そもそも、こんな状況になったのは、俺が不用意に顧客の要求を呑んで、つい『できます』と言い切ったからだ。そのせいであの意味不明な品番変換ロジックを解析しなきゃいけなくなったのもわかっている。でも、今となってはそう簡単に『できません』と言えないことも理解してくれ」

どうやらこの会社では、他のプロジェクトでも問題が発生しているらしい。根っこは同じだ。システム導入をしたがる顧客が減ったことで、同業他社と仕事の取り合いとなり、値段のダンピング、要求のオーバーコミットをしないと受注が取れなくなっている。要するに、相場より安く仕事を受けるうえに、顧客のわがままには何でも応えなきゃいけなくなったわけだ。

そのしわ寄せが、現場でかけずり回っている私や藤川君に来ている。労働時間は右肩上がりで増え続けている。

「外注を雇う予算がないんだ。小宮山、それ以上に、会社の資金繰りすら危ないらしいぞ。あくまでも、噂だがな」

「でもそれじゃあ、あのときの二の舞じゃないか。俺は、自分のクビをかけてでも、藤川君を守りたい」

「岩隈さんの話か……」

3年前、今と同じように状況は最悪だった。当時は5人チームのプロジェクト。新卒として入った女性、岩隈久子さんはそのチームのメンバーだった。明るく、素直で、無知な女性。仕事を与えれば与えるほど、彼女はどんどん吸収していく。彼女に振ることのできる仕事の量は毎週毎週増えていった。

半年後には、複数のチームの主要メンバーとして活躍していた。正直言って、私よりも才能がある。彼女はもっと活躍すべき人だと思った。

しかし、プロジェクトが佳境にさしかかり、業務量が最大になるタイミングで、彼女は会社を休んだ。

「どうしても、今日は出社できません。身体が動かないんです」

岩隈さんは電話口で初めて弱音を吐いていた。

「何を甘ったれたこと言っているんだ！　プロジェクトがどういう状況かわかっているのか!?」

私はそうやって彼女を激しく叱責してしまったのだ。翌日から入院した彼女は、そのまま会社に戻ってくることはなかった。本人の希望か、会社の意向か、彼女に関する情報は私には入ってこなかった。病状は精神疾患らしいことだけが辛うじて耳に入り、3カ月後に正式に退職したという報告がきた。

私は、彼女のような有能な若者を潰《つぶ》したくない。

月曜日。丸の内の本社で行われている役員会に強引に乗り込み、追加要員の派遣を承諾させた。

「追加要員を派遣するか、私をプロジェクトから外し解雇するか、どちらかを選んでください」

我ながら、酷い説得の仕方だとは思う。しかし、なりふり構っている状況ではなかった。その場で、外注のエンジニアを2週間後に用意することを社長に約束させた。これで事態が改善すればよいのだが……。あと2週間だけ耐えてくれ、藤川君……と祈った。

2週間後。外注のエンジニアは来なかった。

そして、藤川君は会社に来なくなった。

絶望的な状況に陥っても、プロジェクトは進んだ。いや、進んでいるように見せかけていた。しかし、ごまかし続けるのは限界だった。納期に間に合わず、要請された機能を実装できない旨を、会社として正式に伝える必要が出てきたのだ。

その旨を社長に報告するため、私は資料を作成していた。この説明は今週の金曜日に行う。12年間この仕事をやってきたが、プロジェクトの失敗を本格的に明言するのは初めてだ。非常に屈辱的なことなのだが、それ以上に、藤川君を守れなかったことが悔しい。これほどまでに、自分の無力感に苛《さいな》まれるのは初めてだ。想定していた問題に、想定していた通りに、最悪の答えを与えてしまったのだ。

私は息をするだけで精一杯だった。3月に入ったというのに、プロジェクトルームは春の陽気とはほど遠い。

木曜日、ほぼ徹夜で現状における最善の策を考え、資料にまとめた。翌朝、10時に本社に出社し、古田をはじめとする社員に根回しをしていた。

全身が鉄の塊になったかのように重く、胸がキリキリと痛んだ。いっそこのまま心臓を外に吐き出してしまえばどれだけ楽になるんだろう、なんてことも考えていた。

午後3時からのミーティングに備えて、コンビニに飯を買いに行ったとき、ふらっと車道に飛び出してしまいたい気持ちに駆られた。あ……これは……。

いやいや、正気を取り戻すんだ。これは一瞬の気の迷いだ。私はまだまだ大丈夫だ。

味のしないシーチキンおにぎりとコールスローサラダを胃に流し込み、30分前に役員会議室に入り、準備を始める。

「あと15分か……」

そのとき、ビルが揺れた。

「あっ！」と思った次の瞬間、今まで自分が知っていた揺れとはまったくの別物であることがわかった。

自分の足で立っていることができない。机の下に入り、何も考えず、ただ揺れに身を任せる。壁際に置いてある花瓶が落ちそうなので必死に手で押さえる。とんでもない事態だと頭ではわかっているのだが、身体は意外と冷静だ。いったい、この揺れはいつ終わるんだろう。窓の外では、風になびくすすきのように電柱がぐあんぐあんと揺れている。

「このビルが倒れたら、俺は死ぬのかな……」などと考えていた。

2011年3月11日金曜日。東日本大震災の発生により、状況は一変した。日本も、私のプロジェクトも。

当然、その日の会議は延期され、本社から私は歩いて家に帰った。寒風吹きすさむなか、2時間かけて三軒茶屋にある我が家にたどり着いた。歩いて帰れる圏内にいた私はラッキーだったかもしれない。「工場」にいたら確実に帰れなかっただろう。

翌週、プロジェクトは強制的に休止期間に入った。

どうやら「工場」で大規模な倒壊が起こったようだ。あの積載量オーバーの倉庫が完全に崩落し、修復不能になったらしい。あの辺は液状化現象の被害もあり、基礎のしっかりしている工場はともかく、周りの物流網は壊滅的だろう。

テレビでは、それ以上に修復不能な東北の街の状況が流され続けている。もう何も考えることができない。

ただ同時に、プロジェクト自体が消えてなくなることに安堵感を覚えている自分もいて、自己嫌悪に陥る。仕事を苦に自殺する人は、この解放感を求めて命を絶ってしまうのだろうな……なんて、縁起でもないことを考えていた。

3　年齢の壁は実績で超える

震災から1週間後の3月18日金曜日。プロジェクトの中止が正式決定され、私はプロジェクトマネージャーを解任された。あまりにも疲れすぎているのと、会社に仕事がないことから、1週間の有給休暇を申請した。

まず始めにやったのは、藤川君のお見舞いだ。胃潰瘍《いかいよう》で入院した彼は、意外と元気そうだった。

「どうやら、まだ穴は空いてないみたいです。明日、退院しますよ」

明るく話す姿は、プロジェクトが始まる前に戻ってきている。心は病んでいないようで、安心した。

プロジェクトが中止になったことと、しばらく療養する旨を彼に説明する。彼は安心したような顔をしている。

「無責任かと思われるかもしれませんが、ほっとしました」

藤川君は、私が心の底で思っていたことを代弁してくれた。古田や本部長など、このプロジェクトに関わっていた人間全員の代弁かもしれない。

「3年間、夢中で仕事をしてきて、ときどきサボって、嫌なこともたくさんあって、楽しいことも少しはあって、小宮山さんには感謝してます。でも、地震のときに考えたんですよね。俺、生きてるうちにもっとやりたいことやらなきゃいけないんじゃないかって」

この発言は、私の心のさらに奥底にある気持ちを掘り起こしているようだ。彼が我慢した年月は3年だが、私はすでに10年を超えている。そして、あと20年以上続けようとしている。

「僕、海外に行ってみたいんですよね。まだ行ったことないから。どこでもいいから海外に。退院したら、世界一周旅行とか行っちゃおうかな」

私はたわいない話をしてその場をごまかし、病院を後にした。世界一周か、そんなこともあったな……。会社の誰にも言っていないが、私は大学時代に1年休学して、世界一周旅行に出かけた。会社に入ったら長期旅行なんてできないからと思い、一生分の旅をしようと思ったのだ。現実問題、会社に入ってからというもの、海外旅行には一度も行っていない。まあ、日本人のビジネスマンなんて、そんなもんだ。余生は、定年してから楽しめばいい。

テレビでは、震災で亡くなった方々のエピソードが流れている。これから新しい学校に進学する予定だった人、新しい仕事を始める予定だった人。新しい命を授かる予定だった人。でも、その希望はあっという間に消え去る。人生は無情であり、無常だ。

「俺は、定年まで楽しむことをすべてあきらめてしまっていいのだろうか?」

そんな疑問が、ふつふつと湧いてきた。結婚もせず、仕事一筋で生きてきたこの12年間。あと20年以上これを続けるのか?

とりあえず、休みは1週間ある。

震災後、東京の街はすっかり暗くなった。週末を挟んで月曜日から通勤ラッシュが始まっていることは驚異的だが、電力供給量は不足しており、「ヤシマ作戦」という『ヱヴァンゲリヲン』に出てきた作戦名を掲げて、日本中で節電が呼びかけられている。妙な「自粛」運動も始まり、「贅沢は、敵だ」的な空気が蔓延している。

節電はともかく、外食などの消費をしないのは、経済の循環をストップさせてしまって誰の得にもならない。いつもは読むだけだったFacebookに珍しく「自粛は意味がない。私は積極的に外食する」という発言を書き込んだら、知り合いが賛同してくれて、その日から毎日同窓会のように友人と会食を行うことになった。

今日は、大学時代の同級生との飲み会だ。理系の大学に通っていた私たち5人はみんな笑っちゃうくらい似たような仕事をしていた。

「ＩＴはヤバいよな。みんな、揃いも揃って、見事な社畜だ」

そんな自虐的なネタを言って笑い合っている。若い頃は、残業時間と健康診断の数値の自慢を始めたら人生は終わりだ、と思っていたが、俺たちは例外なく終わっているようだ。だが、一人だけ終わってないヤツがいた。一番大学に来なかった新庄だ。

「俺、今、バンコクに赴任しているんだけど、そこまではキツくないぜ」

世界のＩＴ産業は残業と徹夜によって支えられていると思っていたが、それは日本国内だけの話らしい。

「残業はあっても徹夜で仕事とかはあり得ないよ。たぶん、赴任期間が終わって日本に帰ったら、みんなと同じ境遇になるんだろうけど。何とかバンコクに永住できないかって企ててるんだよね。まあ、一時帰国中に地震が起こっちゃって、いまバンコクに帰れなくなってるんだけど」

海外で仕事か……そんなこと考えたこともなかった。

「ところで小宮山。お前、世界一周旅行とかしてたじゃん。海外で働いてみようとか思ったことないの？」

予想外の展開だった。

「小宮山、結構英語しゃべれたじゃん。お前くらいの実績があれば、香港とかシンガポールで引く手あまただぜ。年収は下がるとは思うけど、結果さえ出せば、日本よりも給料は上がりやすいし。そもそも、日本にいても面白い仕事が減ってるだろ?」

まったくその通りだ。同業者の新庄は、私と同じ実感を持っているんだろう。ここで仕事を続けても先はないな、と。だったら海外、というのもありかもしれない。

「でも、もう35を超えてるからなあ」

日本では、35歳以上は転職しにくいという不文律がある。ＩＴ業界ではそれほどでもないけど、やはり見えない壁は存在している。

「大丈夫。日本みたいに年齢だけで切るところは少ないよ。大切なのは、いま何ができるか、そして、今まで何を積み重ねてきたかだから」

とりあえず、その日は深い話はせずにお開きにした。でも、海外で働くというのは魅力的かもしれない。

私はふと、世界一周旅行で見た、サハラ砂漠の夕焼けを思い出していた。どこまでも広がる砂丘と、遠くにうっすらと見える街の光。それを前に感じた開放感。自分の小ささと、世界の大きさを知った。

しかし、あれ以来、私の世界は広がるどころか段々と縮小していき、今じゃ東京と千葉だけが自分のフィールドだ。もっと広い世界への挑戦……か。そんな夢物語を「今さら」と思う反面、家に帰ってから、インターネットで「海外就職」などと検索してみたりもした。

3日後、新庄から突然電話がかかってきた。なんでも、取引先の香港法人の社長が私に興味を持ってくれているらしい。きっと新庄が私の状況を察してくれて、社長に話してくれたんだろう。「今、彼が東京にいるから会ってみないか？」とのことだった。

断る理由はないので会ってみた。彼も、新庄と同様、東京に来たら震災に遭い、しばらく帰れなくなっているということだった。若くて魅力的。日本で有数の大手ＩＴ企業の香港法人社長なのだが、年齢は40代中盤。オファーされた仕事は営業だが、おそらく私にも対応できるだろう。

「大企業を辞めるなんてあり得ない」とずっと思っていたが、それは「会社を辞めたい」という感情を押しとどめるための詭弁《きべん》だったのだろう。新しい一歩を踏み出すきっかけは、思いも寄らないところからやってくるのかもしれない。

数日後、正式に採用を伝えるメールが届いた。香港からだった。

結局、一度も行ったことがないのに、私は香港での就職を決めてしまった。

4　香港の狂乱キャバクラ

「かんぺーい！」

「きゃー！　小宮山さん、お酒つよーい！」

「サントリーオールド」のボトルがまた1本空いた。今月だけで5本は空けている気がする。

今日も、日本人の女子大生だらけのキャバクラに来ている。客もキャバ嬢も日本人だが、ここは香港だ。

キャバクラなんて日本で3回くらいしか行ったことがないのに、なぜか香港で週に3回以上行く羽目になってしまっている。ワーキングホリデーで来た日本人女性や留学中の学生がキャバ嬢をしている、日本人専用のキャバクラだ。

東京での心臓が縮こまるような仕事を辞めて、私は香港のIT企業で営業をやることにした。営業と言っても、提案型営業。セールスコンサルタントというやつだ。

顧客の現状を分析し、ソリューションを提案する。今までやってきたシステム導入の最初の工程と同じだ。顧客はほとんどが日系企業ということもあり、今まで培ってきた技術をほとんどそのまま使うことができる。年収は以前の2割減ほどだが、目標額の売上を超えれば、額面でも以前の金額以上になる。

所得税の安さと、家賃以外の物価の安さを考えれば、生活レベルは格段に上がる……はずだった。実際、家賃は15万円に上がったが、食費なんかは半額くらいだ。が、現実はなぜか、連日のキャバクラ通いで、経費で落とせない部分は自腹になっている。

顧客の日系企業のほとんどは、中国に工場を出している。システム導入の意思決定をしているのは、「工場長」を名乗っている駐在員の人たち、つまり日本人だ。彼らは30代後半～50代の男性。単身赴任で中国を訪れ、つかの間の暇と自由を謳歌している。ゴルフ焼けした肌と、油こってりの中華料理で太った身体は、ある意味健康的だ。中国国内での生活に飽き飽きしている彼らはやたら香港に来たがる。そして、香港に来てやることといえば、旨《うま》い日本食を食うことと、このキャバクラ通いなのだ。

彼らは平日の昼間に香港のオフィスに来るものの、私からの説明は上の空。細かいことは中国の担当者と打ち合わせてくれ、とのたまい、午後5時きっかりに日本食レストランに連れ出す。夕食を食べながら聞くのは「いかに自分の工場の中国人が使えないか」ばかり。何の発展性も目新しさもないネガティブな話の繰り返しにうんざりする。

食後、赤らんだ顔で「行きますか？」と言って、このキャバクラに連れて来られるのがいつものパターンだ。

こういった遊びが楽しい人もたくさんいるのだろうが、私は何が楽しいのかまったく理解できない。私はそもそも酒がそんなに好きではないし、一人で飲むことはほとんどない。まして、日本人の女子大生と話したいことなんてほとんどない。そもそも、繰り返し何度も通っているから、聞きたいことも聞き尽くしている。この不毛な宴席は、場合によっては翌朝まで続く。同年代の「工場長」がカラオケで尾崎豊の「卒業」を歌うのを聞くと、いつもこの店の窓ガラスを金属バットで壊して回る妄想に取り憑《つ》かれる。最終的には、締めのラーメンに付き合わされ、自宅で倒れるように眠る。

こんな毎日だから、香港にいると1週間で3キロも体重が増えてしまうのだ。

なぜ私は香港までやって来てこんなことをやっているのだろう……。しかし、中国本土、広州や上海に出張に行くと、さらに悲惨な宴席が待っている。

「カンペーイ！」

日本では杯を乾かすと書いて「乾杯」だが、中国では杯を干すと書いて「干杯《ガンペイ》」だ。中国の悲惨なところとは、この「干杯」で文字通り杯を干さなくてはならないことだ。急性アルコール中毒で病院に運ばれる、バカな大学生と同じ飲み方だ。

恐ろしいことに、この「干杯」は白酒《バイチュウ》という、アルコール濃度が超絶高い焼酎のような酒で行われる。飲み干さないと、彼らの輪の中には入れない。

とどめに、この「干杯」は一夜の宴の中で、何度も何度も繰り返される。地獄だ。

食道が焼けるように熱くなり、その先で不快感が一杯ごとに蓄積される。いつしか意識は朦《もう》朧《ろう》となり、気がつけばホテルの部屋の入口で倒れている。そうした翌日にはたいていエアコンが効いていない蒸し暑い工場でヒアリングを行う。香港で増えた体重も、中国に行くと1週間で5キロ落ちるのだ。

急激な体重の増減と、栄養過多と寝不足。

鏡に映る私の顔は、日に日に老けていった。日本にいるときは実年齢よりも10歳若いと言われてきたが、たぶん、香港で追いつかれた。私は、こんなことをするために香港に来たのか……。

最大の誤算は、中国の日系企業が、日本にある日本企業以上に、日本企業の悪いところを引き継いでいることだった。すべての日系企業がそうというわけではないだろうが、我が社のクライアントの7割くらいはこの有様だ。

　同時に不快なのが、日本人の駐在員たちが、明らかに香港人や中国人を下に見ていることだ。「猿に芸を仕込むように教育をする」とか「鶏よりも早く物を忘れる」とか平気でしゃべる姿は実に醜い。しかも、利益が上がっていることは自分の手柄のように語り、ミスはすべて現地人の責任であるかのごとく暴言を吐く。顧客といえども許しがたい発言に、異論を挟むことをやめるだけで、私のストレスは限界に達する。

　が、彼らの今日の発言は、限界を超えた。

「やっぱ、一度、過労死するくらい追い込まなきゃダメっすよね」

「マネージャーは、従業員を潰してナンボですからね」

　自分が潰してしまった若手、岩隈さんや藤川君を思い出して、理性が飛んだ……が、私が怒鳴る前に、目の前に座っていた男が口を開いた。

「残念ながら、我が社は社員一人ひとりを大事な『資産』であり『仲間』だと考えています。これに国籍は関係ありません。そのような考えの会社とは取引をさせていただくことはできませんので、今回は、辞退させていただきます」

　この人は……たしか、我々と協業してシステムを導入する会社の社長だ。本日初対面で、名刺交換をしただけなのでよくわからないのだが、見た目は40代後半。名前は野茂さんだったと思う。

野茂社長が支払いを済まして帰ってしまったので、その場は強制的にお開きとなり、微妙な雰囲気のままそれぞれが家路についた。私が帰宅した夜11時頃、見たことのない番号から電話がかかってきた。おそらく野茂さんからだ。

「本日は申し訳ありませんでした。明日、本件についてお話しさせていただけませんか？」

翌日の午前中の役員会議で、昨夜のお詫びをかねて、我が社と野茂さんの会社が今後一切の取引をしないことを誓うため、その晩に顧客を香港で一番高いクラブで接待することが決まった。正直どうでもよかった。

それより、野茂さんとランチをすることが楽しみだった。

「昨日は申し訳ありませんでした。しかし、残念ながらあのような会社とは取引しないというのは、弊社の方針ですのでご了承ください。感情的になってしまったことは、謝罪いたします」

私は彼に、正直な感想を伝えた。私もあなたの考え方に共感すること。あなたが言っていなかったら私が言っていたこと。彼は「思った通り」という顔をしながら、自社の話をしてくれた。

もともと野茂さんは、日本の大企業の駐在員として香港に来ていた。その後5年間で大きな売上を上げることになる。しかし、親会社との方向性の違いにより、独立して自分の会社を作った。従業員10人の小さなＩＴ企業だ。創設以来のポリシーは「駐在員のいない企業」「伝統的日本企業と取引しない企業」になることだ。

「自分が駐在員だったときに感じたのは、高すぎるコストと、日本と香港の現場の乖離《かいり》でした。私一人に会社は年間３０００万円もかけている。それなら優秀な香港人や、日本人の現地採用を３人雇ったほうが会社のためです。もっとも、日本の本社は日本のやり方を無理矢理押しつけてくる。それは、トイレの水が海水の香港で、日本製のウォシュレットをそのまま使うようなものです。うまく行くわけがありません」

そうした問題点をふまえ彼らが取り入れたのは、香港流のやり方だった。簡単に言うと、副社長や管理職を軒並み香港人にした。社員は国籍に関係なく採っているという。

「まあ、私のコネクションで人材を集めているので、日本人の比率は多くなってしまっていますが、今は１００人の会社で10カ国の国籍の社員がいますから、悪くないですね。最初は同じく私のコネクションで仕事を取っていたので、顧客は日系企業が中心だったのですが、しばらくすると社員が疲弊してしまうんですよね」

ここまで淀みなく話し続けていた彼の顔が、ちょっと曇った。

「日本のＩＴ企業で働いた経験がある人なら誰もがわかるでしょう。曖昧な指示と土壇場《どたんば》での仕様変更によって無駄に増加する仕事量。それに対応するための長時間労働。社員は疲れ切って、大切な香港人社員が何人も辞めてしまった。そこで私たちは、日本企業との取引をしないことに決めたのです」

正確に言うと、日本のトラディショナルな仕事のやり方をしている企業との取引を止めた。その結果、一時的に売上は落ちたけれど、社員の満足度と利益率は上がったらしい。今は売上を上げるために、香港や中国圏だけでなく、東南アジア全般へ商圏を広げていきたいということだった。

「昨日の件は、もともと問題がある会社だと感じていたにもかかわらず、付き合いがあってなあなあで話を進めていたことに原因がありました。はじめから断っていればよかった。ご迷惑をかけて申し訳ありません。でも、我々はこういう会社ですので、ご了承ください」

こういう会社もあるのか……。

「海外の日系企業」だったら大方どこも変わらないだろうと思い、縁のあった企業にいきなり勤めてしまった私だが、一口に「海外の日系企業」といってもいろいろある。当たり前だ。

今まで、香港でたくさんの日系企業に営業に行ったが、そのカラーは千差万別だった。社風はトップが変わるだけで大きく変わる。昨日問題になった会社も、3カ月前まではこんなではなかったのだが、駐在員のトップが任期満了で交替した瞬間、社内のルールが大きく変わったのだ。

日本の本社はデカいので、企業文化は一朝一夕では変わらないが、海外支社は100人程度の規模なので、トップが変われば一瞬で変わる。それが海外就職の難しいところかもしれない。では、香港人はどうやって対応しているかというと、さっさと転職するのだ。

実際、あの問題の会社はここ3カ月で5人ほど社員が辞めている。そのため求人広告を出しまくっている。そうやって、新しいカラーに馴染みやすい人が集まるのだ。

その夜、香港で一番高いキャバクラで開かれた「ゴメンナサイ・パーティ」の席で、私はそんなことを考えていた。

5　香港の充実企業

「もしかしたら……岩隈さん?」

1カ月後、私は野茂さんの会社に転職していた。

就職先が決まるのも早かったが、会社を辞める手続きも転職する手続きも早いのが香港流らしい。あっという間に職場が変わった。

そして、出社1日目、私の担当者として説明をする女性は、なんと、私が「守れなかった」岩隈さんだったのだ。

「やだー！　小宮山さん！　なんでこんなところ来てるんですかー！」

あのときと同じ、正確に言うと、新卒で入社してきた直後と同じ、人なつっこい笑顔で話しかけてきてくれた。会社を辞めた後、彼女はいくつかの国を旅し、気に入った香港で就職をすることにしたそうだ。「日系企業と商売をしない」とぶち上げたこの会社の求人広告を目にして応募し、働き始めて3年目らしい。

「まさか、私が小宮山さんの指導役になるとは、驚きです！　ビシビシいきますよー！」

彼女はいつの間にか広東語もマスターしており、香港人からの信頼も厚そうだ。

「この会社は、数字にはうるさいけど、やり方は自由なんで楽です！　新人時代、小宮山さんに仕込んでもらった仕事の仕方が本当に役に立ってます。本当はお礼を言いたかったんですけど、連絡先を知らなかったので、ごめんなさい。あの当時、Facebookとかあればよかったんですけどねー」

自然体で仕事をしている彼女は、日本で会社を辞めたときよりも若返っているような気がした。

彼女の仕事は確かだ。実効性を伴った行動計画を立て、適切なタイミングで過不足のない指示を出す。半期に一度の勤務評定も、明確な基準のもとに公平な評価を下す。香港人の部下が彼女を慕っているのもよくわかる。ちなみに、その部下の中には彼女より年上の男性が何人も含まれている。

もしかしたら、私は完全に追い抜かれているかもしれない。でも、そんな上下関係なんて関係ない。共感できる仲間と一緒に仕事できることが大切だ。年齢や性別、先輩後輩などどうでもいい。

3カ月後、彼女の指導のおかげもあってか、私はすっかり仕事に慣れた。そして、今は5人のチームを率いて、東南アジアの市場開拓をミッションとしている。香港市場を担当している岩隈さんとは別チームになった。

1年のうち2／3くらいを香港の外に出張するようなハードな仕事である。商圏はインドネシア、ベトナムを中心に7カ国にわたる。実は、私の部隊は日系企業を中心に営業をかけている。そのほうが私自身、やりやすいからだ。ただし、営業先を選択する際に、意思決定者の態度や意識をきちんと見定めるようにしている。

意思決定に多大な会議を必要としたり、暗に接待を求めてきたり、無理なディスカウントを強いて現場にその尻ぬぐいをさせるような企業は避けるようにしている。

そういう基準で企業に当たるとわかるのは、こうした問題を抱える企業は日系企業には限らないということだ。当たり前といえば当たり前だが、国籍に関係なく、ダメな企業はダメ、優良な企業は優良なのだ。

海外の顧客企業の工場に赴き、駐在員、現地スタッフを交えて現状の問題点を洗い出す。この作業はエアコンの効いた会議室と、蒸し暑い工場を行き来しながら行われる。スーツを着るのはしんどいので、最近は会社のロゴ入りの作業着を作ってもらった。

改善計画を提案して採用されると、工場に我が社の技術者を呼び寄せる。さらに何度も会議室と工場を行き来しながら詳細を詰め、技術者だけで回せるようになったところで、私はフェードアウトし、次の国へ向かう。『荒野の用心棒』みたいな生活だ。たまに香港に帰ってきて、セブンイレブンで森永のラムネを見つけるとほっとする。そんな忙しくも楽しい毎日だ。

今日は、ハノイからシンガポール経由でジャカルタへの移動の日。飛行機の乗り換えをわざと6時間も空けている。実は、世界一周旅行中の藤川君とシンガポール・チャンギ国際空港のレストランで落ち合うことにしているのだ。

彼との連絡のために、iPhoneにLINEというアプリも入れた。電話がつながらなくてもネットがつながっていれば、世界のどこにいようがテキストメッセージが送れて通話までできてしまう。チャンギ空港は無料のWi-Fiがバッチリつながる(20世紀的な意味での「電話」なんていらないのだ)。技術は進化し、進化と共に便利なものが生まれ、今まで便利だったものは不便になっていく。

企業も一緒だ。いつまでも同じやり方をしていたら、新しく生まれてきた便利なものに駆逐されてしまう。それは人も同じだ。いつまでも今までと同じ働き方を続けても仕方がない。つねに新しい場所に行き、新しいことを覚え、新しい何かを生み出していくべきだ。

私は肉体的にはもう若くはないが、日々新しい人や仕事、文化に触れているので心は若いまだと思う。クタクタになると2日くらい疲れは抜けないが、まだまだやれる。

優秀な若い人は、率先してこういう環境に身を置いて、各国の優秀な連中と切磋琢磨したほうがいい。私も偶然の誘いで香港にやって来たが、もし若い子から相談を受けたならそうアドバイスするだろう。

正直、新しい仕事にチャレンジしても、今までの仕事に固執しても、うまく行くこともあれば失敗することもある。私も香港でいろいろ失敗した。でも、失敗したときこそがポイントで、その場に甘んじて耐えているだけでは何も改善しない。あがいて、もがいて、次の道を見つけると、そのうちに自分に合った場所にたどり着けるかもしれない。

日本では「若者は3年で辞めてけしからん」的な言説があるが、ここ香港をはじめ、世界の多くの国でそんなことは誰も言わない。自分の意志で、自分の未来を切り拓くために転職することは善だ。私はいい歳だけど、この会社に定年までお世話になる気はまったくない。つねに新しいチャンスを探し続けている。

そういうわけで、私は今日、藤川君にうちの会社に入るよう勧誘してみようと思っている。

彼を、岩隈さんみたいな一人前のビジネスパーソンに育て上げること。これが、私が私に課する今後のミッションだ。

セカ就　ワンポイントアドバイス　その5

海外だって労働環境は千差万別

日本国内で転職する際にとても重要なのが「年齢」です。「35歳の壁」の存在はまことしやかに語られますし、その壁に阻まれる人の数も多いです。

セカ就の場合、年齢の壁はそこまで高いものではありません。外資系企業では、履歴書に年齢を書くことすら不要の場合もありますし、日系企業であっても年齢だけで不合格になることはあまりありません。

重要なのは、「その年齢までに何をやってきたか？」です。就業年数相応の経験を積んでいればその分評価されますし、年齢の割に経験が少ないと35歳以下であってもマイナス材料となります。

本章の小宮山さんなどは、ＩＴ関連のプロジェクトマネージャーという、37歳でも明確な、しかも、香港で需要のある職種の経験を積んでいたので引く手あまたです。

彼のように希少で高いスキルを持っている人材は、ハイレベルの仕事が集まるアジアの先進国、シンガポールや香港で、かなり高い年収のオファーを受けることが多く、日本でもらっている金額の8割程度になる場合もあります。家賃を除く物価は日本の1／2～2／3ほどですので、生活レベルは上がることになります。さらに、現地で経験を積み、高いポジションを射止めれば、日本よりも高い給料をもらうことも可能です。

また、セカ就でとても不安になるのが、就職先の労働環境でしょう。しかし、日本でもブラック企業からホワイト企業まで幅があるように、海外にある日本企業も千差万別です（外資やローカル企業はさらに幅広いです）。

一般的に、ローカルスタッフはサービス残業などしないため、定時に帰ることが多いです。その仕事を日本人が一手に引き受けて、日本人のみ残業まみれになる会社もありますし、同様にさっさと帰る会社もあります。面接官の話や、社内見学をしたときの雰囲気などである程度予想はできますが、入ってみないと全容は見えてこないのが怖いところです。

海外の日系企業は、現地や欧米流の働き方をベースにしているところもあれば、日本流の働き方を濃縮したようなところもあります。前者であれば、比較的自由に裁量できる反面、結果を残さなければあっという間に解雇されます。また、後者であれば長時間労働と本社との長く詳細な承認手続きが日常となります。そうした社風は、経営トップが変わることによってすぐに変化します。

それを受けて、現地スタッフの多くはもちろん、日本人の現地採用も、転職をすることによって自分に最適な職場を探します。転職回数が多いことがマイナスになることは（日本と比較して）少ないため、多くの人が積極的に転職していきます。

ちなみに、ローカルスタッフは、理不尽な怒られ方をしたり、本人の納得できない給料を提示するだけですぐに転職してしまう場合もあります。景気のいい国の場合は、大した実績を残していなくても転職をする度に給料が上がるので、優秀な従業員を確保しておくことは非常に困難です。

日本人の場合、そこまで売り手市場ではありませんので、転職をするためにはそれ相応のスキルや経験を積んでいなくてはなりません。自己研鑽《けんさん》が必要になります。

しかし、**多くの会社から求められているスキルを身につけていれば、「ライフスタイルに合わせて会社を選ぶことができる」人材になれます。**たとえ会社に所属していても、「社畜」とは違った人生を歩むことが可能になるのです。

第6章
ブラック企業からのインドネシア就職　半年後

23歳・職歴1年半
川崎君夫の場合

1　止まる通関

ジャカルタに就職すると、そこは港だった。

「カワサキさん、コンテナの通関が止まっています！」

俺の仕事上のパートナー、ラミさんが日本語で報告してくれる。俺の勤務する日系の商社で、彼は唯一日本語が話せるインドネシア人だ。でも、複雑な話になるとちんぷんかんぷんになるので、ここから先は英語で会話することになる。

「昨日、早く通関させるための手続きをするように言ったけど、もうやったの？」

「はい。もう用意はしました」

またか……。この返答を聞く度に、頭がクラクラする。俺が聞きたいことは「今用意ができているか」ではなく、「すでに書類を送ったか」ということだ。しかし、彼らは自分のミスを認めるのを極端に嫌がる。半年もここインドネシアで働いていると、インドネシア人スタッフのダダっ子のような癖がだいぶわかってきた。わかっちゃいるけど、腹が立つ。

この返答がきたということは、ラミさんはまだ何もやってない。そんなことはバレバレなのだが、絶対に「ごめんなさい。やっていません」とは言わない。

でも、謝らせても事態が好転するわけではないので、作戦を変える。

「じゃあ、今、送るのね?」

「はい。今、送ります」

論理的に考えれば、「今送る」⇒「まだ送ってない」⇒「ラミさんのミスである」というのは明らかだ。けれど、彼はそんなことは気にしない。この辺の彼の論理的思考の欠如は理解しがたいものがある。俺も日本人の中ではかなり論理的じゃないほうの人間だと思うのだが、インドネシア人は異次元のレベルだ。

かといって、ここでラミさんを叱りつけてしまうと、これまたやっかいなことになる。仕事ができないくせにプライドばかり高い彼らは、人前で怒られることにも、それの対応にも慣れていない。「叱られて悔しい」という感情を前向きに処理できないので、まずは拗《す》ねる。とりあえず、押しても引いても仕事をしなくなる。しかも、それは数日間続く。

そんな状況で、俺が取るべき手段はただひとつ。ラミさんの仕事を代わりにやることだ。

「わかった、ラミさん。提出しようとしている書類を出してください。書きかけでも構いませんから」

ほら、出てきた書類は案の定、半分くらいしかできていない。

俺はラミさんにさっさと席に戻るように指示し、書類の作成に着手することにした。自分でやればたぶん1時間半で終わる。指示を出すよりよっぽど手っ取り早い。


日本から家具や家電、おもちゃなんかを輸入するジャカルタの商社で仕事を始めて半年。こんなことはしょっちゅうだ。

日本のブラック居酒屋チェーンで働いていたときは、店の業務はゴリ岩石料理長と、俺と、バイトのメンバーだけで回していた。ゴリ岩石は、自分の仕事しかやらない嫌なヤツだったが、仕事においては抜かりがなく、俺はいっさい彼に介入する必要がなかった。バイトのメンバーも、俺がやり方を指示すればおおかた期待通りの働きをしてくれた。

一方、このジャカルタでは、現地スタッフが予想以上に仕事をしない。

「日系企業に勤める現地人は優秀だから、日本の若者が行っても見下されるだけ」

そんな言説をネットで何回か見たことがあるが、ここジャカルタでは、ほとんどの場合、あてはまらない。優秀な人もそうでない人もいる。それは、日本でもここインドネシアでも一緒だ。しかし、平均値としては日本のほうがかなり上だと認めざるを得ない。

うちのスタッフは、とにかく時間を守らないし、言われたことを言われたとおりに仕上げることができない。あげくに締め切り直前にこちらが確認すると、「やり方を教わっていない」と逆ギレしてくる。

そんな環境だから、忙しいときはすべての仕事を自分で抱えるようになってしまう。とくに最近は、この通関業務が鬼門だ。

『日経ビジネス』といったビジネス誌や漫画『社長 島耕作』で経済絶好調と言われているインドネシアだが、完全無欠な状態ではない。なかでも貿易赤字が深刻で、輸入の量に対して輸出が大幅に少ないという状況が続いている。

普通は「より付加価値が高いモノを作って、輸出を増やそう!」という発想になると思うのだが、インドネシア政府の政策は「だったら、輸入に制限をかけて、外国のモノが入って来れないようにしちゃえ!」になってしまっている。

おかげで、運ばれて来た輸入品が港で止められ、いちいち税関でチェックを受けるようになってしまった。おかげで、通過までとんでもない時間がかかる。

生鮮食品などはさすがにすんなり通過するのだが、我が社のように日本から輸入した家具、電化製品などは軒並みダメ。普通に1カ月くらい港に滞留《たいりゅう》してしまう。滞留期間によってしっかり

「保管手数料」が請求されるため、薄利の製品などは、これだけで利益がぶっ飛んでしまう。

このダメージを少しでも減らすのが俺の仕事なのだが、とにかく仕事の量が膨大で追いつかない。ラミさんをはじめとしたスタッフがもう少し動いてくれたら……と思うのだが、そこに期待するのはやめた。まずは、自分で手を動かす。そして、目の前の仕事を片付けることだ。

完全に集中したら、予想通り1時間半で仕事は完了した。時刻は夜の9時。インドネシア人スタッフはもうみんな帰ってしまった。ラミさん、俺はあんたの仕事をしてやったんだよ……と思うが、ここインドネシアでは、そのために付き合いで残業するなんて文化はない。まあ、いたらいたで余計めんどくさくなるだけなんだけど。ようやく、家に帰れる。

2　楽しい私生活、わびしい仕事

「今日は、比較的渋滞が少ないな」

高層ビルが建ち並ぶジャカルタの中心、スディルマン通り。片道5車線プラスバス専用レーン1車線のこの通りは、世界一と言われる渋滞で有名だ。1日のうち8時間以上は、徐行運転を強要される。さらに3時間くらいは、ぴくりとも動かなくなる。俺の最長記録は、歩いて10

分の距離に車で1時間半かかったというものだ。渋滞のすごさは聞いていたものの、実際に体験すると想像をはるかに上回る。

とはいえ、渋滞自体はそんなに苦にはならない。なにせ、運転手付きの車が支給されているので、俺は後部座席で寝ていればいい。

先輩から「運転手は寡黙なほうがいい」と言われたが、その意味がよくわかる。俺の運転手はほっとくと一言も口をきかないので、ぐっすり眠れて助かる。

朝8時に家を出て、夜の9時に帰ってくる。今日の拘束時間は13時間。いつもはもうちょっと短い。インドネシア人のローカルスタッフからしてみたら長時間労働だけど、日本人平均から比べるとそうでもないと思う。1日平均19時間労働していた去年の俺からすれば、圧倒的に〝ホワイト〟だ。しかも、往復の車の中や、営業の移動中は熟睡できる。働いている時間自体は激減した。

俺が住んでいるマンションの前でいつものように車を降りる。こっちではコス（下宿）と呼ばれているが、俺にとってはオシャレすぎるデザイナーズホテル。ツタで覆われた外壁、水が流れ落ちるロビー、かわいらしい受付嬢。東京で住んでいた、入り口がゴミ捨て場のボロアパートとは大違いだ。

家賃は、東京のときよりも2万円安い4万5千円。これに、電気・水道料金だけではなく、洗濯と掃除まで付いてくる。ドアの前のカゴに洗濯物を入れておくと勝手に洗濯されて、キレイに畳んで返してくれるので楽々だ。

さらに部屋には最初から家具や電化製品も付いているので、引っ越しもめちゃくちゃ楽だった。こっちは一年中夏なので、冬服はすべて日本に置いてきた。持ってきた荷物はデカいトランク一個分。この部屋に飽きたら、このトランクひとつ持っていつでも引っ越せるのがうれしい。ここに慣れると日本の家に家具や家電が付いていないのが不思議でならない。

部屋の冷蔵庫からビンタンビールを摑《つか》んで、一階のカフェに向かう。ビンタンはインドネシアの国産ビール。イスラム教国でもビールは造っている。

ただ、酒を飲む人が少なく「税金は取れるところから取る」がモットーのこの国ではアルコール類の輸入関税が異常に高い。日本だと1000円くらいで買える「いいちこ」が、こっちでは4000円以上する。仕事上の付き合いがある日系のスーパーとかで買えるけど、さすがにこのバカバカしい値段では買う気はしない。俺は黙ってビンタンビールだ。1本120円くらいだし。

コスに併設されているカフェで、ビール瓶片手にナシゴレン（インドネシア風焼き飯）を頼む。

ここのナシゴレンはジャカルタで一番美味しいと思う。5回に1回ぐらい失敗作が出てくるけど、それも含めて、ここに勝る焼き飯を食ったことがない。

「オー！　キミオ！　おまえ、今頃飯かい？」

アメリカ人のアレックスとデレクがやってきた。ここは外国人向けの高級コスのため、様々な国籍の人が住んでいる。二人のような欧米系の人もいれば、韓国人、台湾人、中国人、インド人やタイ人などもいて、いったい何カ国の人が住んでいるのか数え切れない。そもそも部屋数が80以上あってちょいちょい人が入れ替わっているので、初対面の人と会うこともしばしばだ。

「バリのワインを買ってきたから、一緒に飲もうぜ！」

ビンタンビールだけではなく、国産のワインもあった。ブドウは海外から輸入してきて、バリ島でワインを醸造しているそうだ。これが結構旨《うま》い。

さっそくワインを注ぎ、乾杯する。

「相変わらず日本人はよく働くなあ」

「俺もよくわからんが、これがジャパニーズカルチャーなんだよ」

「アメリカではエグゼクティブはすげえ働くけど、俺たちみたいな普通の社員は時間キッチリに帰るけどなあ」

「私たちは、『ザンギョー』しますよ！」

台湾人の王《ワン》さんが割って入ってきた。残業話に共感してくれるのは、韓国人や台湾人ばかり。東アジアの労働観は欧米とは大きな違いがあるようだ。もちろん、ここ、東南アジアとも。

カフェのテレビでは、アメリカのスポーツ専門チャンネル「ＥＳＰＮ」が昨日のメジャーリーグのニュースをやっている。どうやら、イチローがサヨナラヒットを打ったらしい。そういえば、このメンバーはなぜかみんなヤンキースの大ファンだ。

このコスにはケーブルテレビだか衛星放送だかが入っていて、日本のＮＨＫを含めて世界中のテレビが見られる。だから、俺は好きな野球や格闘技を見たり、大河ドラマを見たりしている。日本ではテレビなんて見る余裕はなかったけど、こっちでは結構ぼーっとテレビを眺める時間が増えた。

いろんな国の友達ができ、いろんな国のテレビ番組を見て、異国の地で生活をする。このグローバルな感覚が楽しくてしょうがない。

結局、キューバ人のホセとか、日本人の黒田君、プエルトリコ人のバーニーおじさんも混じってきて、みんなで屋上のテラスに移動。ジャカルタの１０００億ルピア（10億円）の夜景を見ながら午前2時まで飲んでしまった。

翌朝。目が覚めたら9時だった。軽く頭も痛い。

運転手は家の前に迎えに来ているので、とりあえず顔を洗ってスーツを着て車に乗り込んだ。始業時間は9時だが、実質的にはゆるゆるだ。なにせ、この渋滞。誰も時間なんて読めないから、遅刻しても誰も文句は言わない。まして今日は、日本人の上司は客先直行のはず。ほどほどの渋滞を経て、10時くらいに会社に着いた。

さすがにこの時間になると、メンバーはみんな出社している。

小声で「ハロー」と挨拶して席に着く。昨日送った通関の書類はどうなっただろう？メールで後処理をラミさんに頼んでおいたはずだが……。

と思ったら、ラミさんからメールが来ていた。

「病気なので、会社を休みます」

出た。

インドネシア人スタッフは、とにかく病欠が多い。自分が怒られそうなことがある日や、飛び石連休の中日に多くなることから、仮病であることは容易に想像がつく。別に有給を取るなと言っているわけではないのに、切り出しにくいのか、こうやって当日になってメールが来る。

事前に休むって言ってくれれば、計画も立てられるのに。

ラミさんには何を言っても無駄なので、とりあえず、昨日提出した書類の行方を確認してみる。港の倉庫にいるスタッフに確認してみると、どうやらきちんと受理されているようだ。

この国では、物事がすんなり進むということがない。50センチ進むごとに何か障害にぶつかるようなもので、効率とか予定というものとは無縁の世界だ。だから、少しでも新しい局面にたどり着けると本当にうれしい。たとえそれが、日本ではスタッフに一言いえば勝手に片付くような簡単な業務だとしても。

「カワサキさん。ステーキレストランの机、税関を通ったそうですよ」

ついにキタ！　久しぶりに、うれしい報告を聞いた気がする。

再来週オープンする予定の、日本人が経営する高級和風ステーキレストラン。そのど真ん中に置く、天然杉一枚板のテーブル。お値段25万円、重さ60キロ。1カ月前に港に届いていたものの、ずーっと税関を通らず港に置きっ放しになっていたのだ。たぶん保管費用がすでに数万円かかっている。

レストランのオーナー、松坂さんはこのメインのテーブルがないため内装工事が捗《はかど》らず、とても困っている。それがやっと通ったのだ。一刻も早く届けなくてはならない。今日は金曜日だ。すぐ回収しなくては、また土日で待たされてしまう。

ブラック居酒屋にいた頃、新規開店時の忙しさはそれを体験した店長からよく聞いていた。その修羅場っぷりを思うと、ちょっとくらい無理してでも、店長の力にならなくちゃいけないという気になる。

「今すぐ港に取りに行く、と伝えてくれ」

こんなときのために、俺が会社から支給されている車は大型のバンだ。でっかい机も普通に載る。これで港に乗りつけて、高級ショッピングモール内のステーキレストラン出店予定地に持っていこう。

奇跡的に渋滞に遭うこともなく港にたどり着くと、うちの会社の担当スタッフが準備して待ってくれていた。あとはバンに載せるだけなのだが……重い。びくともしない。

ジャカルタに来てからというもの、移動のほとんどが車のせいで、俺は完全に運動不足になっている。コスにジムはあるのだが、めんどくさいから使っていない。体重は7キロ増えた。居酒屋で日々ビールケースを運んでいたときに付いた筋力はどこかに消えてしまった。iPadよりも重いものを持つことのない生活にいきなりのしかかってきた、60キロの杉のテーブル。

港のスタッフに加え、運転手も動員して何とか運び込んだものの、ここから先は運転手と二人だけ。大丈夫か？　俺。

　現場は、シックな内装にピカピカの成金感が混じる超高級ショッピングモール。目の前を、中華系インドネシア人の金持ちマダムがお手伝いさんを3人連れてショッピングをしている。尋常じゃない量の高級ブランドの箱を、荷物持ち御一行様がうやうやしく運んでいる。

　どデカい高級テーブルを運転手と一緒に必死の形相で運ぶ俺は、この高級モールから完全に浮いている。そもそも、この役割は担当のラミさんの仕事じゃないか。仮病のヤツの代わりになんでこんな目に遭わなくちゃいけないのか……。

　グッチの前まで来たところで、右手の筋肉が熱くなってきた。ヒジが不自然なポジションになり、身体の右半分が痺《しび》れてきた。

　後悔と思考停止を繰り返しながら、何とか店にたどり着いた。ステーキレストランの松坂店長は満面の笑みで出迎えてくれたが、クタクタになっていた俺はぶっきらぼうに挨拶して、店を出た。

　と同時に、携帯電話が鳴った。嫌な予感がする。

「カワサキさん！　倉庫からアロマオイルの在庫が足りないと……」

「それは、倉庫担当のほうで解決してください！」

冷たく言い放ち、携帯の電源を切った。時計は午後5時を指している。運転手に、「家に帰ろう」と伝えた。

3 フランスの寿司屋オーナー

金曜日の夕方6時から翌土曜日の正午まで、俺は部屋を一歩も出ないで、腐っていた。机を運んだときの筋肉痛で、両腕がまだ熱を持っていて、肩がだるい。それを言い訳に、ずっとベッドの上でだらけていた。

天井を見つめていると、漏れてくる廊下の光に気づく。こんなにオシャレで高級そうなデザイナーズマンションなのに、天井と壁の間には隙間がある。それがインドネシアンクオリティ。表面上はうまくいっているようでも、日本の基準から見たら穴だらけだ。

ほっとけば永久に通過せず放置される通関。誰かが声を上げなければ状況を変えようとしないインドネシア人スタッフ。そんな穴だらけの業務を改善するのが俺の仕事だ。

そこにやりがいを感じてはいたのだが、穴の数があまりにも多すぎる。そして、その穴を埋めるためにやらなくてはならないことが低レベルすぎる。なんでこんなところに来ちゃったんだろう……飯も食わずに、半分眠りながら、言葉にならないいらだちや焦りを頭の中で反芻《はんすう》していた。

iPhoneのアラームで目が覚めた。アポの1時間前にアラームを設定している。この辺の時間管理は、さすがジャパニーズだ。しかし、何の予定を入れていたのか覚えてないのが、最近の俺のクオリティでもある。

カレンダー画面を見ると、「フランス　桑田さん」と書いてある。ああ、Twitterで声をかけてくれた、パリの寿司屋さんか。

こっちに来てから俺は、Twitterやブログで発言することが多くなった。ジャカルタで感じたこと、知ったこと、単なる愚痴《ぐち》等々、いろんなことをオンライン空間に投げ込んでいる。そうすると、興味を持って声をかけてくれる人が少なからずいる。

それはジャカルタで就職したい人あるいは事業を始めたい人だったり、単に観光中の人だったり、世界で働く人に会う旅をしている人だったり。俺に答えられることは答えるし、答えられないことだったら業者を紹介するし、会いたいと言ってくれたら会うようにしている。

今回声をかけてくれたのは、フランスで寿司屋を3軒も経営していて、今度東南アジアに進出しようとしている桑田さんという方。彼が時々ツイートする、フランス寿司屋の苦労話がすごく面白かったので、彼のほうからアクセスしてくれたことが単純にうれしかった。

しかし、せっかくパリからジャカルタに視察に来ている貴重な時間に、こんなにドロドロ悩んでいる男に会うなんて、彼にとっては時間の無駄じゃないだろうか。まあ、いい。会う場所は味が評判のうどん屋だ。この前できたばかりの、日本のチェーンのジャカルタ店。行くのは初めてだが、周りの評価はすこぶる高い。旨いモノを食えば元気が出るのは人間の摂理。

シャワーを浴びて、短パンとポロシャツを着て、運転手に電話をかける。

こういうときに、会社支給の運転手付き自動車は本当に便利だ。運転手も、休日出勤手当が出るのでウハウハだ。ちなみに、インドネシアでは休日出勤の割増賃金がとびきり高い。彼の場合、通常勤務の3~4日分の給料が入る。月に数日、休日出勤するだけで、月給が倍以上になるわけだ。

他方、インドネシアにやってきても、日系企業の現地採用の俺には残業手当は付かない。日本で働いていた頃と同じだ。インドネシアはなんでこんなに労働者に優しいんだ！　それに比べて俺は……と泣きたくなる。

そんなことを愚痴りながら、スカルノ・ハッタ国際空港とジャカルタ市内の中間地点にある、巨大なショッピングモールにやってきた。初めてこっちに来たとき、いきなり度肝を抜かれた超巨大電光掲示板。それが見下ろすエントランスホールで、桑田さんと待ち合わせになっている。

モールに入った瞬間、とてつもなくでかい吹き抜けと、3階から流れ落ちる滝に唖然《あぜん》とする。ジャカルタのショッピングモールは、どうしてこんなに無駄に派手なのだろうか。滝の上には、「フードコート、シネマ、アイスリンク」と書かれた看板がかかっている。

そこに時間きっかりにやってきたのは、細身のスーツに身を包んだ紳士だった。フランスで寿司屋を3店舗経営する桑田さん。白髪の紳士。歳は50代に見える。ダンディーだ。さすが、フランス。

「はじめまして。いやあ、すごいですね。このモール。私、ジャカルタは初めてなんですけど、こんなところがあるとは想像もしてませんでしたよ」

「私も、このモールに入るのは初めてなんですが、びっくりですよ。でも、最近ジャカルタにはこんなモールがジャンジャンできてるんですよ」

なんか、ジャカルタの街について驚かれると、俺もちょっとうれしくなる。

エスカレーターで、うどん屋があるフロアまで向かう。

「しかし、あの『アイスリンク』って、何ですかね？」

もうすぐできるユニクロ・ジャカルタ一号店の宣伝をしているブースを通り過ぎ4階にたどり着くと、その答えがわかった。その階のうどん屋の目の前にアイススケートリンクがあるのだ。

「なんで、アイススケートなんですかね？」

「暑いからじゃないですか？」

土曜日のスケートリンクは、家族連れやカップルなど、リア充の巣窟《そうくつ》だ。楽しんでいるインドネシア人の姿を見ると、俺もちょっと元気になる。

この店のシステムは日本のうどんチェーン店と同じだ。カウンターでうどんを作ってもらい、自分で天ぷらや玉子を乗せていく。インドネシア人の店員たちは手際よくうどんを作るし、後ろのほうでは見事な手さばきで麺を打ったり、天ぷらを揚げたりしている。さすがインドネシアだと思うのは、店員の数が日本ではあり得ないくらいに多いこと。

「この大きさの店だと、日本なら5、6人で回せますよね」

「そうですね。まあ、客単価は日本と変わらないだろうから、一人当たりの人件費を考えたら、あれくらい店員がいても十分利益は出ると思います。なにせ、インドネシア人スタッフはキビキビ動かないので」

「フランスでも、日本よりはもうちょっと人数が多くなりますね。労働負荷とか休暇制度を考えると、必要最低限の人数では回せません」

飲食店経験者が店に来ると、どうしてもこういう会話になってしまう。職業病だ。飲食業に命をかけた人間はどうしてもこだわりを持ってしまうんだろう。

「インドネシア人は、天ぷらが大好きなんですよ。だから、ああやって天ぷらを自由に取れるシステムは単価アップにすごく重要だと思いますね」

「なるほど。自分がインドネシアで寿司屋をやるとしたら、天ぷらも出すかな。せっかくだから、天むすとかも」と桑田さんが言った後で、「そんな寿司屋でいいのかな……」と思ってしまったが。

「私は23歳のとき、寿司職人としてフランスに渡ったんですよ。今の川崎さんと同じ歳に。あの頃を思い出して、ぜひお目にかかりたいと思っていました」

彼は、寿司職人になりたかったわけではなかったそうだ。フランスに住みたい。そのために、大学を出ていない彼が一番就職しやすかったのが寿司職人だった。

「ただの憧れで行ったパリの街は、意外と汚くてがっかりしました。フランス語も下手だったので、入れたのは日本人経営の寿司屋のみ。それでも、労働環境は日本で修行していた頃と比べたら全然よかったので、それなりに満足はしていました」

俺もブラック飲食業に殺されそうになったから、その気持ちが心臓に突き刺さる。

「でも、フランスの行動様式にはなかなか慣れませんでした。スーパーや雑貨屋以外の店は夕方6時頃に閉まるし、日曜日も多くの店は定休日。フランス企業の納品はいつも遅れるし、文句を言っても愚にもつかない理由を並べて口論してくる。生活の面でも仕事の面でも、フランスは納得のいかないことだらけでした」

それもよくわかる。俺がインドネシアで感じていることそのものだ。カルチャーギャップというか、働かない外国人というか。この人は、10年前に今の俺と同じ経験をしていたのか。どうやって今の地位を築いたんだろう。

「愚痴っても仕方がないので、彼らの考えを理解すべく、フランス語を一生懸命覚えました。フランス人の友達を作り、彼らのコミュニティに入っていった。そしたら、生活が格段に楽しくなりました。彼らの考え方を知ると、納得いかなかったフランス人の行動の謎が解け、受け入れられるようになったんです」

そういうことか。たしかに、俺はインドネシアに馴染んでいない。職場のインドネシア人にはなまじっか英語が通じるから、インドネシア語を使うことはほとんどない。脂っこいのに飽きてきてローカルフードも敬遠しているし、休日にインドネシア人に会うこともない。そりゃ、ラミさんたちが何を考えているかわかるわけがないか……。

「やがて、フランス人の友達の伝手《つて》でフランスのレストランに転職しました。そこは、労働時間8時間、バカンス1カ月。給料は高くないけど、生活に余裕ができました。この生き方はありだなと。同時に、フランス人が好む寿司ってどんなんだろう？と興味が湧いてきました。日本人がインドカレーをカレーライスにしたように、私は寿司を〝フレンチ寿司〟にして、彼らを喜ばせたいと思ったんです。気がついたら、独立して店舗を3つも作っていました」

現地の人を喜ばせるため、日本のモノを現地化する……そういえば、俺がインドネシアに来てやりたかったのは、「現地の人たちがまだ知らないものを伝えて、彼らを幸せにすること」だった。でも、来て半年も経つのに、現地の人のことを何もわかっていない、どころか、対立ばかりしている。これではダメだ。

「私も、最初はインドネシアの人たちの考え方を理解して、彼らが喜ぶような仕事をしたいと思ってたんですよ。でも、なかなか彼らに近づけない。彼らの頭の中を理解できない。自分のやり方を押しつけてしまう。苦労してます」

「ははは。よくわかりますよ。フランスで寿司を握っても、日本と同じクオリティなんて絶対に守れませんからね。妥協とあきらめの繰り返しですよ」

桑田さんがフランスで初めて見たトロは、真っ黒だったそうだ。鮮度なんてありゃしない、東京だったら廃棄処分になるようなトロ。

「日本のやり方をそのまま持ち込むだけじゃダメ。現地で調達できるもの、現地の人が欲しているものを知ったうえで、ベターなものを創り出す。海外で働く日本人がやるべきことはそれなんじゃないですかね」

実際、本格的な江戸前寿司をやりたい人は、すぐに帰ってしまうらしい。

「私たちがやってることは、『グローバル』な仕事なんかじゃないんですよ。日本の『ローカル』と現地の『ローカル』の間を取り持つ仕事、グローバルとローカルを組み合わせて、『グローカル』とでも言うんですかね。物理的な場所は、グローバル。でもやってることはローカル」

「なるほど……。私もまだまだですね。最近、日本のやり方をインドネシア人に押しつけることに疲れてきてしまっています」

「川崎さんはまだ半年ですからね。私がパリに住んで半年後もそんなもんでしたよ。焦らないでください。ところで、インドネシア語はもう話せるんですか?」

そういえば、最近インドネシア語をめっきり話していない。ここのオーダーも無意識に英語でしていた。うちのスタッフも、運転手も、ある程度英語が通じるからなぁ……。

「日本人が日本語を話せる外国人が好きなように、その国の言葉を話す人は、それだけで信頼度が上がりますよ。大変だと思いますが、がんばってくださいね」

その後、他のショッピングモールや飲食店に桑田さんを案内した。

彼はジャカルタの発展ぶりに驚きながらも、従業員の労働賃金や土地代の値上がりにリスクを感じたようだ。たしかに、労働者の最低賃金がこの5年で倍に、去年から今年にかけてだけで1・4倍に上がっている。今はだいたい月給2・2万円くらいだ。土地の値段も倍々でアップし続けている。

2013年の今年は、来年に大統領選挙を控え、景気もいったん踊り場を迎えると言われている。インドネシア経済は、単純にバラ色とは言えない。

ジャカルタの華やかなところばかりを案内したけれど、きちんと数字の裏付けをもってそのリスクを感知している桑田さんはさすがだと思った。

それと同時に、彼はジャカルタのメリットも大いに感じているようだった。庶民が行くショッピングモールにも車が展示してあること。女性が化粧品のセールに群がっていること、街の至るところで新しいビルが建築中であること。

桑田さんが別れ際に言った言葉は、忘れられない。

「インドネシアには、ヨーロッパにはない活気を感じました。多くの人が『今日より明日のほうがいい日になる』と確信している国は魅力的ですよね」

心から共感する。嫌なことはたくさんあるけど、やっぱり、躍動感のあるジャカルタは俺をワクワクさせてくれる都市だ。昭和を描いた映画の中にある「古き良き日本」っていうのはこんなところだったのかもしれない。

「こんな街に住んでいるあなたがうらやましいですよ。しかも、そんなに若いときに。私も近いうちにまた来ると思いますので、いろいろ教えてください」

俺は少し元気になって、帰りの車に乗った。

「Silakan pulang（家に帰ってください）」

久々に運転手にインドネシア語でお願いしてみた。すると、車中ではいつも寡黙な運転手がインドネシア語で返してきた。

「昨日よりも元気になりましたね。腕は治りましたか？」

そういえば、両腕の筋肉痛はすっかり消えてなくなっていた。

4　日本とインドネシアの狭間で

家に帰って、例によって「ジャカルタで一番美味しい」ナシゴレンをオーダーする。ビンタンビールを飲んでいると、また、アレックスが声をかけてきた。

「ヘイ、キミオ！　これからクラブに行くんだけど、一緒に行かないか？」

「いや、今日はちょっと用事があるんだ」

用事、とはインドネシア語の勉強だ。本棚の隅っこでホコリを被っていたインドネシア語の教材を開く。

インドネシア語は発音も比較的簡単で、日本人にとって覚えやすい言語だ。語彙の数さえ増やせば、会話力は飛躍的に上がる。そうとわかっていながら、ここ3カ月間サボっていた自分にあきれる。フランスに渡っていくつも店を作った桑田さんの苦労を思えば、俺も前に進まなくてはならないという気がしたのだ。

その夜は、桑田さんと会ったおかげで気持ちを切り替えられたのか、勉強は思った以上に捗った。時の流れも忘れて、ちょっとコーヒーでもと思ったときに、電話が鳴った。

「こんにちは。松坂です。昨日は机を運んでくれてありがとうございました。うちのステーキの試食をしてほしいんですが、もしよろしければ明日のお昼頃、店に顔を出していただけませんか？」

そうか。ついにあの店もオープン間近なのか。いったいどんな店になったのか、すごく気になる。もちろん、その場で伺うことを申し出た。

休日の高級ショッピングモールは、人通りが多い。

金持ちマダムだけでなく、オシャレな若者、短パンとTシャツの欧米人、スーツのインド人など様々な人が歩いている。一昨日に60キロのテーブルを運んだ道を、ポロシャツとスラックスで悠々と歩く。

周りの人は、iPadを小脇に抱えておしゃべりしたり、スターバックスのラテを飲みながら音楽を聴いていたりと、日本の人たちと全然変わらない。しかも、とても楽しそうだ。

お、あの背の高いインドネシア人の若い男性は、ホンモノの日本のアパレルブランドTシャツを着ている。あれは、半年前にこっちのパチモンのTシャツのクオリティがあまりにも低いのに腹が立って、俺が輸入したものだ。

正規に輸入したホンモノなので1枚3000円と高く、さっぱり売れなかったのだが、こういう高級モールに来るような若者は、高くても良いものを買ってくれるんだな。ジャカルタのすべての人が安物志向というわけではない。ホンモノがほしい富裕層の中に、日本好きの人もいるんだ。

自分がやっていることが必ずしも的外れではないことがわかって、うれしさがこみ上げてくる。前回、苦痛と屈辱と筋肉痛にまみれて訪れたステーキ屋の出店スペースに、今度は意気揚々と乗り込む。自分で言うのもなんだが、単純すぎる性格だ。

店に入って最初に目に付いたのが、あの巨大な天然杉一枚板のテーブルだった。

「ようこそ、川崎さん。一昨日はありがとうございました。おかげで、だいぶ店らしくなってきましたよ」

松坂さんにそう言われて、あのテーブルへと促される俺。

「この席は、川崎さんに最初に座ってもらいたくて、とっておいたんですよ」

ピカピカのテーブルからは、かぐわしい木の香りがする。花粉症の俺にとって杉は天敵のはずだが、不思議と大丈夫だった。そして、花粉は飛んでないのに、なぜか目が充血してきた。

「おととい、やっといろんな資材が通関したんですけど、その日のうちに持ってきてくれたのは川崎さんのところだけだったんです。開店前の忙しさをわかってくれてるんだと思って、あのとき、涙が出るほどうれしかったんです。ありがとうございます」

ほどなくして、鉄板の上でジュージューと音を立てているステーキが出てきた。

「これが、うちの看板メニューの和牛ステーキです。バーベキューソース、ブラックペッパーソース、そして、おろしポン酢の３つのタレで召し上がってください」

厚めに切られた牛肉は、ナイフを通してみると驚くほど柔らかい。そこかしこから肉汁があふれ出してくる。タレを付けずに食べてみても、絶妙な案配で肉に風味が付いていてすごく旨い。これはきっと、東京でも繁盛するんじゃないかと思えるレベルだ。

「〝和牛〟を名乗ってるんですけど、実はオーストラリア産和牛なんです。でも、日本の和牛と変わらない柔らかな食感を味わってもらいたくて、いろいろ工夫してます。そのひとつが、肉を漬け込んで柔らかくするとともに、下味を付けることなんですけどね」

そうか。この松坂さんもやっぱり、インドネシア人に日本の味を伝えるために努力しているんだ。日本と同じ条件にはならないけど、ここで手に入る素材を使ってベストを尽くしている。

「インドネシア人が好きな甘辛いバーベキューソースは、正直この肉には合ってないかもしれません。でも、彼らが美味しいと思うものを提供しなきゃいけない。だから、開店当初はすべてのお客さんにこの３つのソース全部を提供しようと思っています。お客さんにひとつを選んでいただくのと比べて利益率は下がりますけどね。それから、我々日本人が一番好きなおろしポン酢の旨さに、一人でも多くの人が気づいてくれればと考えているんですよ」

料理について語る松坂さんは、本当に楽しそうな顔をしていた。客単価１０００円を超える、ジャカルタの中では高級店となるこのステーキレストラン。去年空港で食べた、インドネシア人経営の日本料理屋「ホカホカベントー」とはまったく違う、ホンモノの和風ステーキを好きになってくれる人が増えたら、俺もうれしい。

添えられた冷たいお茶を飲み干すと、いきなりインドネシア人の店員がおかわりを注いでくれたので驚いた。日本にいると当たり前のことだが、インドネシアでしてもらったのは初めてかもしれない。

「松坂さん、すごいですね。どうやって教育したんですか？」

「マニュアルを決めたんです。最初、『お客さんにお茶を注いでね』って言ったのですが、全然やってくれない。だから、お客さんのお茶の量がグラスの下側のラインよりも少なくなったら、注いでねと言い換えてみた。そしたら、ちゃんとやってくれるようになったんですが、今度は一人のお客さんの挙動に注目しすぎて、他のお客さんに目が回らなくなっちゃった。だから、一人のお客さんを見るのは5分に一度でいいよと伝えました。文化が違う人にものを教えるって本当に難しいですよね」

「たしかにそうですね。私も苦労してます。あと、今いきなりでびっくりしたので、お茶を注ぐときには『失礼します』って言ってからのほうがいい、と伝える必要があるかもしれませんね」

こんな会話をしていたら、いつの間にか二人で、インドネシア人に日本の仕事の仕方をどうやって伝えるかを考える会になっていた。

「彼らって、お客さんとの商談についても事前にアポを取るってことをしない。当日に慌ててやるから、アポが取れたところにしか行けない。需要があるのかわからないところに行っても意味がないうえに、午前に南部、午後に北部、夕方に東部といったように、バラバラの場所に移動するから渋滞にもハマりまくる。どーしたもんですかねー」

なんてことを言いながら、解決策を考える。こんなことをやってると、朝礼とか「報《ほう》・連《れん》・相《そう》」とか、ジャパニーズ・トラディショナルな仕事の仕方もまんざらじゃないと思い始めてくる。

約束の時間に遅れそうなら、携帯で訪問先に電話をする。そんな日本人にとって当たり前のことをしてもらうためには、「アポを取ったら必ず15分前にスマホのアラームが鳴るように設定する」だとか、子供に教えるような基本的な事柄を地道に教えていくしかない。すべては効率の良い業務のためだ。

ルールのためのルールを作るんじゃない。彼らが効率的に動けるための方法を考えるんだ。効率よく仕事をする方法を彼らが身につければ、少しずつこの国全体の業務レベルが上がる。俺みたいな若造が言うのも生意気だけど、それが「国の発展」ってもんじゃないかと思う。

帰り道に、近所のショッピングモールに寄って帰る。この街の娯楽は、どうしてもショッピングモールに偏ってしまう。巨大資本の最新設備はすばらしいが、地元ローカルの小さな店の発展度合いは先進国とはほど遠い。

入ったモールは、地元の人たちが行く、ちょっと価格の安いところ。そんなところでも、吉野家やペッパーランチといった日本の外食チェーン店で、インドネシア人たちが楽しそうに食事をしている。ゲームセンターでは「ダンス・ダンス・レボリューション」をやっている若者。俺が輸入してきたいろんな漫画のグッズやオシャレな雑貨が、なぜか「ロッポンギ」という店名を掲げているインテリアショップで売られている。

日本の企業は、確実に、この国の人たちを楽しませている。俺がこの国に対してできることはたくさんある。まずは、それにチャレンジしてみよう。俺は、吉野家で日本円にして200円ちょいの牛丼をかき込みながら、明日、何をするかを考えていた。

5　ジャカルタで生きる

翌朝、会社に入るなり、「スラマッパギー！」と挨拶した後、そのままインドネシア語でラミさんに、伝えてみた。

「先週の通関の件、うまくいったよ。ラミさんが書類をきちんと作ってくれたおかげ。ありがとう」

彼は一瞬驚いたけれど、すぐに子供のような笑顔で、「サマサマー（どういたしまして）」と返してきた。

怒るとすぐに拗ねてしまうが、ほめると満面の笑みで喜ぶ。そのイノセントなところが彼らのいいところかもしれない。

「これからインドネシア語の勉強を再開するから、いろいろ教えてね」と頼むと、ラミさんだけではなく、周りのスタッフ全員の顔がものすごく輝き始めた。フランス語をしゃべることでフランス人社会に受け入れてもらえるようになった、という桑田さんの話。これはインドネシアでも同じだ。たぶん、インドネシアのほうがストレートに反応してもらえる。

現地採用社員として俺は足りない点だらけだけど、一番欠落していたのは彼らに歩み寄るという姿勢だったのかもしれない。

いつもは日本人スタッフと日本食屋に行っていた昼休みも、たまにはラミさんたちと一緒にローカルのレストランに行くことにした。ナシゴレンが一皿100円。エアコンが効いていない、ハエがブンブン飛んでいるレストラン。

でも、彼らは楽しそうに食事をしている。俺が間違ったインドネシア語をしゃべる度に大声で笑い、一生懸命に訂正し説明してくれる。こうやって距離を縮めていくことが大切だったんだな。

この日の午後は、うちの日本人のボスからチームの全メンバーに、社内にいるように伝達があった。いったい何かと思ったら、一人ひとり個人面談があるらしい。

恐る恐るボスの部屋に行く、トップバッターのラミさん。みんなが遠巻きに見守るなか、10分後に出てきた彼は満面の笑みだった。

「わーい！　給料上がったー！」

インドネシア人従業員の給料が劇的に上がっているのは、この会社も例外ではないらしい。

「ラミさん、次の給料で何買うの？」

「引っ越ししちゃおうかなー」

彼らは、日本で言う「宵越《よいご》しの金を持たない」に近い考え方をする。もらった給料はその月のうちにすべて使ってしまう。ついでに、ローンも組む。だから、月給4万円程度の彼らが、普通に5万円くらいするスマホを持っている。

先週までだったら、この光景を見て「なんでこんな仕事をしないヤツらの給料が上がるんだ！」とイライラしていたかもしれない。

でも、今はなんとなくそんな怒りは湧いてこない。むしろ、こうやってジャカルタ市民が金持ちになることで、自分にもチャンスが生まれてくるんだって思うようになった。給料が上がれば、3000円くらいのホンモノのアパレルブランドTシャツも売れるし。

ふと、気分屋の彼らに対して何かをお願いするタイミングは今しかない、と思い立った。昨日ステーキハウスで松坂さんとディスカッションしたことを実行に移すのだ。

「ラミさん、みんな、よかったねー。これからは、上がった給料の分、成績出さないとね。売上が伸びれば、来年もまた給料上がるし。そこで提案なんだけど、みんなが渋滞の中を運転しなくても営業に行ける方法を考えたんだ」

昨日調べて練習してきたインドネシア語をさっそく使ってみた。彼らにできるだけ近づき、

「彼らのために」ということを伝えながらお願いをするのだ。

伝えた内容はこの3点。

・営業のアポは、同じ地域のお客様を3件ずつ取る
・アポは必ず前日までにすべて取る。取った結果を俺に電話で伝える
・当日の朝9時に、今日の訪問先を発表する朝礼を行う

「アポを取るのを忘れないように、みんなで確認を取り合おう。こうすれば、他の人がどこに行っているかわかるから、同じ会社に二人いっぺんに営業に行くこともないしね」

日本の会社で普通にやっていることも、こっちに来れば必ずしも当たり前ではない。でも、逆に言えば、こっちの人は伸びしろがたくさんあるってことだ。

俺も大したスキルや経験があるわけじゃないけど、彼らに伝えられることはたくさんある。彼らと一緒に、彼らが効率的に働けるような仕組みを作るのが、俺の使命なんだ。

一方的に要求を突きつけたような気がするけど、今日は、彼らの反応は悪くない。「そうだね。いいやり方だと思うよ。ありがとう」とさえ言ってくれた。やっぱり、伝えるタイミングと伝え方は大切だ。インドネシア語で伝えたのも良かったんだろう。あとはこれをどうやって管理、継続していくかだが、この調子でやれば何とかなる気がする。いや、何とかする。

「川崎君。最後はキミだ」。チームメンバー全員の面談が終わったあと、俺が呼ばれた。

ボスの部屋に入って、開口一番こう言われた。

「今のラミさんたちとの会話、よかったよ。そうやって彼らの心に踏み込んでいくのが、僕や君の役割なんだよ」

どうやら、俺のやったことは間違っていなかったらしい。

「あとはどうやって継続していくかだな」

俺の懸念も間違ってないようだ。

「なんか、最近みんなとうまくいってないようだから、どうしたもんかと思っていたけど、ちょっと変わったみたいで安心したよ。まあ、僕もここに来て10年経ってもまだ手探り状態だからな。一緒にうまくやっていこう。で、彼らほどじゃないけど、川崎君の給料もちょこっとだけ上がるからね」

手渡された紙に書かれた月給は、2000ドルから2100ドルに上がっていた。

「じゃあ、今日訪問する顧客と何の話をするのかを伝えてください。まずは、ラミさん」

前日アポ取りと朝礼での発表は、何とか2週間続いている。

最初はめんどくさがっていたメンバーだが、前日に電話がなかったメンバーには俺がしつこく電話をかけまくるので、さすがにあきらめて向こうから連絡をしてくるようになった。こっちから電話するときは厳しく問い詰めるけど、向こうから電話がくるときは多少の不備があっても許すことにしている。それも大きいと思う。

もとより、何も決まってないと朝礼で話すことがなくて恥をかく。これが一番デカい。

俺も含め、朝はみんながキッチリ9時に出社するようになった。このジャカルタでも、少し早めに家を出ればそれなりに時間通りに来れるもんだ。インフラの悪さを言い訳にしてサボっていては成長できない。ダメな環境の中で、どれだけ努力するかが大切なんだ。俺も含めて。

そんないろんな積み重ねが実際、効果を生み始めている。あるお客さんには新たに別の種類の雑貨の発注をもらったし、あるお客さんには発注の頻度を上げてもらった。単純に、メンバーが訪問できている社数が増えているんだと思う。ルート効率化により車を運転する時間が少なくなったようで、労働時間は短くなっている。

こんな感じで、業務改善はようやく回り出した。こうやって仕事は楽しくなっていくものなんだろうか。

そんなとき、ラミさんが自信満々の表情で外回りから帰ってきた。

「新しい日本食レストランから、天然杉のテーブル10個、注文取れましたー！」

「おおおー！」

フロア中から拍手が鳴り響く。周りのスタッフが駆け寄って、ラミさんをぺちぺち叩いている。小学生が運動会で一等になったみたいな喜びようだ。個室からそれをのぞいていたボスが、大声でこう言い放った。

「よし！　今日はお祝いだ。ホカホカベントーでテリヤキを山ほど買ってくるから、みんなで食べるぞ！」

フロアはお祭り騒ぎになって、仕事どころじゃなくなった。効率だけでは測れない、とても大切なチームの一体感はこういうところから生まれてくる。


その後——俺自身は、まあ、ぼちぼちやっている。

インドネシア語の勉強に拍車がかかって、週に一回、自腹で家庭教師をつけることにした。うんざりする大渋滞の中も、リスニング教材を聴いたり、現地のラジオを聴いたりしている。

仕事でも、できる限りインドネシア語を使うようにしている。ラミさんは、「もっと日本語話してくださいよー」とねだってくるが、上達するまでもうちょっと待ってくれ、と言うと笑顔を見せる。

それでも、スタッフの仕事のスピードは遅いし、指示したことの3割ぐらいしか進まないし、相変わらず言い訳はうるさい。でも、少しずつ指示の仕方を変えたり、あえて下手に出たり、やることとリストを作ったりと、あの手この手を尽くすようにしている。

自分一人で仕事を進めてしまいたい誘惑に何度もかられるが、「主役は彼ら」と心の中でつぶやいて、気持ちを押しとどめる。

こうやってインドネシア人の気質を知り、彼らとうまく仕事をこなせるようになることが、俺の身につけるべきスキルだ。この術《すべ》があればインドネシアで仕事に困ることはないと思うし、他国の仕事にも応用できると思っている。

ジャカルタは、日本にいると想像がつかないほどの急速な経済成長を遂げているが、道路などのインフラや国民の教育レベルはそのスピードにまったく追いついていない。これに文句を言うのは簡単だけど、足りないものがたくさんあるってことは、同時に、チャンスもたくさんあるってことなんだ。

俺みたいな社会人になりたてのヤツでも、チームの仕事を多く効率化することができ、会社の利益に貢献できる。たぶん、日本にいるときの何倍ものスピードで仕事を覚えている気がする。

街の姿が日々めまぐるしく変わっていくのを目の当たりにすると気持ちが高ぶる。俺たちのチームが日本製の商品を小売店に卸すと、すぐに店頭に並び、時折そのグッズを持っている人に路上で出くわす。

新しく発注した、2013春夏モデルの新作Tシャツを着た彼らが楽しそうにしているのを見ると、この国に来て本当によかったと思う。

日本の新卒一括採用、終身雇用のレールからは外れてしまったけど、後悔はしてない。むしろ、他の多くの日本人が経験できない立場にいて、すごく希少なスキルを身につけられる環境にいることに感謝している。

現地採用で働く日本人の数はまだ少ないし、ロールモデルとなるような人物もほとんどいない。ハッキリ言って、俺の将来のキャリアパスは霧の中だ。でもあきらめたら、そこで試合終了。

「カワサキさん、コンテナの通関が止まっています！」

遠くでラミさんが電話片手に、こっちに向かって叫んでいる。

さて、今度はどんな言葉を返そうか。

「よし！　残業になる前に終わらせるぞ！　書類の準備を！」

「はい、もう送りました！」

セカ就　ワンポイントアドバイス　その6

現地スタッフとの信頼関係を築く

セカ就をして、働き始めの最初に直面するのがコミュニケーションの壁だと思います。その状況は人によってまったく違います。

たとえば、インドネシアの日系企業に勤めた場合でも、社内のコミュニケーションの9割がインドネシア語の人もいれば、9割が英語の人、あるいは9割が日本語の人もいます。もちろん、3つの言語を同じくらいの割合で使っている人もいます。

「どの言語を使うのがベストか？」という問いに正解はありませんが、一般的にはその土地のローカル言語で話すことが、現地スタッフとの距離を縮め、信頼関係を築くのに有効です。

それは、日本で働いているあなたのところに赴任してきたフランス人上司が、「フランス語しか話さない」場合と、「拙いながらも日本語を話してくれる」場合を想像して比べてみればわかると思います。

また、現地には現地のルールがあり、それは日本で仕事をする際の常識とは大きく違う場合があります。インドネシアの通関業務のように、非効率にしか見えない業務も多々あるでしょう。

しかし、それを現実と捉え、今できることは何かを考え、少しでも効率よく仕事を回す方法を編み出す。そんな前向きな努力をしていくことが大切です。そうやって前へ進んでいかないと、苦労の量だけが増えて成果は出ず、心が折れてしまうかもしれません。

現地で働くにあたって忘れてはならない原則は、「現地スタッフが主役」ということです。

彼らはその国のマジョリティであり、産業はその人たちを幸せにすることで利益を上げていきます。したがって、「助っ人」である外国人は、ある程度裏方に徹したほうがうまく回る場合が多いのです。日本での業務の回し方と、現地での業務の回し方を比較し、日本のほうが効率的なことがあれば、日々のオペレーションに取り入れます。

しかし、日本のやり方を無理矢理押しつけてもうまくいかない場合が多いです。どこまでオペレーションを改めるか、どのようにスタッフに指示するか、どこまで厳しくチェックをするかといった業務改善には、やはり正解はありません。何度も失敗しながら、身体で覚えるしかないのです。

こうして、海外で文化の異なる人たちと共に仕事をし、そのコミュニケーション方法を身につけることは、座学では絶対に無理です。現地に住み、日々直接対話し、肌感覚で覚える必要があるのです。

そんな経験を積むことができるのが、セカ就の大きなメリットです。

今後、東南アジアの発展途上国の注目度はさらに上がっていくことでしょう。韓国人や中国人に比べて海外で働く日本人の比率がまだ低い中で、このような経験を持っている人は貴重です。そして、人材としての希少価値が増すにしたがい、自分でキャリアをデザインするための選択肢は増えていきます。

日々理不尽な困難に悩まされる人もいるかと思いますが、そこで身につけたスキルは決して無駄にはなりません。東南アジアの人たちがいま現在感じているような、「今日より明日のほうがいい日になる」という感覚を共有し、「今日より明日のほうが成長している」と自分を鼓舞しながら毎日を過ごしていけば、自ずと実力も伴ってくるはずです。

もちろん、すべての人がセカ就をする必要はないと思います。でも、セカ就をして、日本で働くのとは違った経験をした人は、日本にとってたいへん貴重な人材になれます。そんなチャンスを摑んでみたいと思う人には、ぜひ、セカ就にチャレンジしてもらいたいなと思います。

セカ就未来予想図

物語の舞台から約10年後の2023年。「セカ就」した彼らはどんなことをしているでしょう？

ブラック居酒屋からジャカルタの日系商社に転職した川崎さん。彼は、商社で同僚だったラミさんと共同経営で、居酒屋チェーンを経営しています。日本の居酒屋メニューをインドネシア風に味付けし、「ソースナシゴレン」のような、日本にもインドネシアにもない独自のメニューが大ヒット！　現在、ジャカルタに5店舗を構え、着々と拡大中です。同時に、ボランティアで東ティモールやパプアニューギニアの貧しい子供たちのために小学校を作ったりもしています。ちなみに、彼の居酒屋は断じてブラック企業ではありません。

アメリカ留学後のスーパー契約社員からシンガポールに転職した鈴木さんは、着々とキャリアアップを続けています。シンガポールの日系企業⇒シンガポールの現地企業⇒アメリカ企業の在シンガポールアジア地域本社と渡り歩き、もうすぐニューヨーク本社でのマネージャーポストも見えてきました。でも、大手日系企業でずーっとのんびり働いている松井さんとは今でも無二の親友です。

横浜の港の派遣社員からバンコクの日系商社に転職した石川さんは、なんとタイ人のチャナさんと結婚して、彼の田舎で農業をやっています。子宝にも恵まれ、3人の男の子のお母さん。タイの田舎でも高速回線がつながるようになったため、日本のアニメもばっちり見れます。最近は、自分たちが作った野菜をネットで日本に販売するサイトも始めたそうです。

日本のウェブ制作会社からクアラルンプールのフランス企業に転職したファンキーな本田さんは、その1年後、副業でスマホアプリのゲームを作り始めました。その後、周りの香港人、韓国人、中国人、留学していた先のフィリピン人の先生までも巻き込んで、5カ国語対応のゲームをリリースし続けるも、鳴かず飛ばず。スマホが過去の遺物になっても、「次」のプラットフォーム向けのゲームを次々とリリースしています。「下手な鉄砲も数打ちゃ当たる！」彼はいつでも前向きです。

日本の超大手企業から香港のＩＴ企業に転職した小宮山さんは今、グルジアに住んでいます。インドネシア支社長、インド支社長を務めた後、成長著しい中央アジア進出の先陣を切るために、グルジア支社長を自ら買って出たのです。ちなみに、インド支社長の後任は成長著しい若手のホープ、藤川君です。

こんなふうに、どんな未来が待ち受けているかわからないからこそ、いろんな未来予想図が描けてしまうのが、アジアでセカ就することの魅力です。日本にいたら想像通りの未来しか待ち受けていなかったであろう彼らですが、外の世界に来たことで広がった選択肢の中から、自らの手でチャンスを摑《つか》み取り、自分で自分の人生を舵取りしています。

この物語は、私が世界のあちこちで出会った、海外で実際に働く日本人の方々のお話を思い浮かべながら書きました。

日本で抱いた違和感、海外で働き始める不安、現地スタッフとのコミュニケーション上の苦悩、そして、新しい環境で働く楽しさ。そんな感情を、リアルな体験談を基にした物語に目一杯詰め込んでみました。

ブラック企業を辞めてインドネシアに出る決意をしたLさん、アニメ好きの現地スタッフと一緒に通関書類を作っているMさん、シンガポールでファンキーなスタッフと楽しく働くEさん、海外就職の経験を元に起業準備中のJさん、IT技術者としてアジア中を飛び回っているNさん、高級ショッピングモールで冷凍マグロを運んだUさん。その他、たくさんの人の実体験が、この本の原型になっています。

海外でお話を聞かせていただいた皆さま、本当にありがとうございました!

「こんな人生、面白そう!」と思った人は、ぜひ、いま目の前に転がっている「セカ就」という選択肢を検討してみてください。そして、その選択肢の向こうに広がる、広すぎる世界を想像してみてください。

あなたが働くことのできる舞台は、アジアだけではありません。アメリカでも、ヨーロッパでもチャンスはありますし、これから先は、中央アジアや中南米、中東、アフリカと、どんどん広がっていくでしょう。

たった一度きりの人生をエンジョイするために、ぜひ、「世界で働く」ことにチャレンジしてみてください。

世界は自分で切り拓いていくものです!

謝辞

本書は、私の初めてのフィクション作品です。未体験のジャンルを手探りで模索しながら書くのは、セカ就して異国の地で働く人たちと同じような体験でした。この本をこんなに素敵なデザインにしてくださった内川たくやさん、元気すぎるイラストを描いてくださったＳＡＡさん。本当にありがとうございました。

そして、企画発案者であり編集を担当してくださったフリーエディターの米田智彦さん、同じく編集担当の朝日出版社の綾女欣伸さん。この本はお二人との共著と言ってもいいような作品です。お世話になりました！

手探りでも、周りの人に支えられながら、ここまでたどり着けたことに感謝しています。

二〇一三年六月吉日

森山たつを

撮影:田中由起子

森山たつを（もりやま・たつを）

1976年生まれ。海外就職研究家。早稲田大学卒業後、日本オラクルに入社。製造業向けの技術営業に7年間携わった後、日産自動車に転職。世界7カ国のスタッフと2年間、グローバル物流管理システムを構築する。その後、1年間にわたる世界一周旅行、2年間の日本のIT企業勤務、1カ月のフィリピン英語留学を経て、2011年12月よりアジア7カ国での就職活動を行う。ほぼすべての国で内定を得るも、啓発活動のため、現地就職よりも「海外就職研究家」の道を選ぶ。現在は、海外就職に関する執筆・講演および海外視察・就活ツアーの企画・運営、海外就職を考える人たちの交流コミュニティの運営などに携わっている。著書に『アジア転職読本』（翔泳社）『普通のサラリーマンのためのグローバル転職ガイド』（大石哲之氏との共著、東洋経済新報社）など。「朝日新聞GLOBE」に寄稿（2013年1月）、「ハフィントン・ポスト日本版」「J-CAST会社ウォッチ」に連載中。電子書籍『ビジネスクラスのバックパッカー　もりぞお世界一周紀行』（全14巻）を独力で8000冊売り上げる。

ブログ「もりぞお海外研究所」:http://morizo.asia/
Twitterアカウント:@mota2008

セカ就!
世界で就職するという選択肢

2013年7月15日　初版第1刷発行

著者　森山たつを

イラストレーション　SAA
ブックデザイン　内川たくや
DTP制作　濱井信作 (compose)

編集　米田智彦＋綾女欣伸（朝日出版社第五編集部）
編集協力　杉原環樹（朝日出版社第五編集部）
協力　佐々木ののか、加藤日菜子

発行者　原 雅久
発行所　株式会社 朝日出版社
〒101-0065 東京都千代田区西神田3-3-5
tel. 03-3263-3321　fax. 03-5226-9599
http://www.asahipress.com/
印刷・製本　図書印刷株式会社

ISBN978-4-255-00729-8 C0095